KJB

*Valija Zinck*, 1976 geboren, arbeitete lange Zeit als Tanzpädagogin und freischaffende Choreographin, bevor sie das Schreiben für sich entdeckte. Außer den Abenteuern von Penelop, *Penelop und der funkenrote Zauber*, das mehrfach ausgezeichnet wurde, und *Penelop und die zauberblaue Nacht*, sind von ihr erschienen: *Jakob und die Hempels unterm Sofa*, *Drachenerwachen* und *Drachenleuchten*. Sie lebt mit ihrer Familie in Berlin.

*Annabelle von Sperber* arbeitet als freie Illustratorin und Autorin im atelier2gestalten für verschiedene Verlage und Printmedien. Sie studierte Illustration an der HAW Hamburg und lehrt als Dozentin an der Akademie für Illustration und Design in Berlin.

Weitere Informationen zum Kinder- und Jugendbuchprogramm der S. Fischer Verlage finden Sie unter *www.fischerverlage.de*

Valija Zinck

# Penelop und die zauberblaue Nacht

Mit Vignetten von
Annabelle von Sperber

KJB

Alle Titel von Valija Zinck:

*Jakob und die Hempels unterm Sofa*
*Penelop und der funkenrote Zauber*
*Penelop und die zauberblaue Nacht*
*Drachenerwachen*
*Drachenleuchten*

Zu diesem Buch ist bei Argon ein Hörbuch, gelesen von Sascha Maria Icks, erschienen, das im Buchhandel erhältlich ist.

Aus Verantwortung für die Umwelt hat sich der Fischer Kinder- und Jugendbuch Verlag zu einer nachhaltigen Buchproduktion verpflichtet. Der bewusste Umgang mit unseren Ressourcen, der Schutz unseres Klimas und der Natur gehören zu unseren obersten Unternehmenszielen.
Gemeinsam mit unseren Partnern und Lieferanten setzen wir uns für eine klimaneutrale Buchproduktion ein, die den Erwerb von Klimazertifikaten zur Kompensation des $CO_2$-Ausstoßes einschließt.
Weitere Informationen finden Sie unter: www.klimaneutralerverlag.de

MIX
Papier aus verantwortungsvollen Quellen
FSC® C083411

Erschienen bei FISCHER KJB

Hedderichstr. 114, D-60596 Frankfurt am Main
Umschlaggestaltung: Regina Solf
unter Verwendung einer Illustration von Annabelle von Sperber
Satz: Dörlemann Satz, Lemförde
Druck und Bindung: CPI books GmbH, Leck
Printed in Germany
ISBN 978-3-7373-4223-0

# Inhalt

*Für gute Anfänge brauchen wir immer einen Zauber*

Aus den Studien des Alpha Regius

# 1
# Warme Morgenstunden

Penelop Gowinder lag im Bett und strich sich ihr rotes Struwwelhaar aus dem Gesicht. Blinzelnd sah sie ins frostige Frühlingsmorgenlicht. Obwohl es in ihrem Zimmer so kalt war, dass sie den Atemhauch sehen konnte, fühlte Penelop sich rundum warm und wohlig. Vor allem tief innen im Bauch. Und das lag nicht daran, dass Cucuu, die alte graue Katze, sich wie so oft an Penelops Bauch gekuschelt hatte. Sondern weil ihr Vater wieder da war. Er war das jetzt schon seit über einem halben Jahr. Trotzdem. Penelop konnte es manchmal noch nicht so ganz glauben.

Die ersten Wochen nach seiner Heimkehr war sie quasi immer mit ihm zusammen gewesen. Wenn er zur Bäckerei hoch ins Dorf geradelt war, war sie mitgekommen. Bergauf strampeln hin oder her. Zu seinem Fußballtraining hatte sie ihn auch begleitet, obwohl sie mit Fußball nicht wirklich etwas anfangen konnte. Besonders gern fuhr sie mit ihm in die Stadt, um sich Konzerte anzuhören, in denen die Mutter Klarinette mitspielte. Das war immer wunderschön.

Penelop streckte sich. Sie kraulte Cucuu zwischen den Ohren, so dass ein gedämpftes *Schnurr, Schnurr* durch die Decke drang.

Ihre Mutter war auch wie ausgewechselt, seit der Vater wieder da war. Sie hatte meistens ein Glitzern in den Augen, wenn sie ihn ansah oder zärtlich seine Hand nahm. Das war beim Wäschewaschen allerdings nicht unbedingt von Vorteil.

Vor lauter Glitzeraugen hatte Frau Gowinder nämlich das karierte Flanellhemd ihres Mannes dermaßen heiß gewaschen, dass es fünf Größen eingelaufen war.

»Oje, das können wir jetzt wohl ausrangieren«, hatte sie bedauert und das Hemd von sich weggehalten, als sei es ein wertloser Fetzen.

»Kommt überhaupt nicht in Frage!« Penelop hatte sich das krunklige Kleidungsstück geschnappt, sich übergestreift und stolz die Ärmel aufgekrempelt.

»Das trage ab heute ich!«

Jetzt schwang sie sich aus dem Bett, schlüpfte in die Kleider und stopfte sich ihr ungestümes Flammenhaar zu einem halbwegs ordentlichen Pferdeschwanz zusammen.

Ja, und natürlich hatten Penelop und ihr Vater auch *das Andere* zusammen erlebt. Das, was in ihnen und in den Haaren der beiden steckte. Das, was sie von der Mutter, von Oma Erlinda, von den meisten Menschen unterschied.

Dazu gehörte, dass Penelop die Worte ihrer Mutter manchmal schon hörte, bevor diese überhaupt aus Frau Gowinders Mund hinausspaziert waren.

Oder dass Penelop und ihr Vater sich nicht immer auf dem Erdboden aufhielten. Sondern etwas weiter oben. Über den Wipfeln der Bäume, um genau zu sein.

Manch einer nennt das vielleicht Magie. Oder Zauberei oder Hexenkunst. Penelop und ihr Vater nannten es schlicht und einfach *unsere Art*.

Im Winter, als der Schnee in federgleichen Flocken fiel, die Sümpfe gefroren und es viel zu klirrend kalt wurde, um richtig hoch oben zu fliegen, hatte der Vater versucht, Penelop das Senkrechte-zwischen-den-Bäumen-Hindurchschweben beizubringen. Leider hatte er es nicht so gut erklärt, oder vielleicht hatte Penelop auch nicht ganz so gut zugehört. Jedenfalls war sie mit dem Anorak an einem spitzen Ast hängen geblieben, und er war eingerissen. Und ihre kleine Nase – ein bisschen aufgeschürft. Und ihr blasses Gesicht – rot vor Unmut.

»Dummer Ast! Der war eben noch viel tiefer.«

»Berufsrisiko, Penni«, hatte der Vater lachend gesagt und ihr sein großes Stofftaschentuch zum Naseabtupfen gereicht. Das Fliegen hatte dann – sosehr es Penelop vermisste – den Winter über Pause machen müssen.

Doch ganz gleich wie viele Stunden und mit welcher Beschäftigung Penelop mit ihrem Vater verbracht hatte, ihr waren die Tage immer zu kurz erschienen. Sie hatte all die Jahre, in denen er fort gewesen war, aufholen wollen. Sie zurückholen, sie vollstopfen mit vielen Erlebnissen. Bis sie irgendwann bemerkte, dass das einfach nicht möglich war. Über zehn Jahre sind über zehn Jahre.

Manchmal war Penelop aufgefallen, dass dem Vater das auch weh tat. Jedenfalls verschleierte, trübte sich immer mal wieder sein Blick. Besonders in letzter Zeit.

»Penni!!!!«, hallte die Stimme ihre Mutter jetzt nach oben. »Muss ich dich noch mal wecken? Oder rauskitzeln? Du hast zwar heute erst zur dritten Stunde, aber langsam könntest du trotzdem mal runterkommen.«

»Bin unterwegs«, rief Penelop zurück.

Heute Nachmittag, gleich nach der Schule, wollte der Vater mit Penelop in den Wald. Zum Steinkreis. Ihr einen Erdzauber beibringen. Was das wohl war? Strikt geweigert hatte er sich, Genaueres zu verraten. Aber egal. Penelop freute sich auch so darauf.

Sie hüpfte die ausgetretene Holztreppe hinunter in die Küche und schenkte ihrer Mutter einen Kuss auf die Wange. »Guten Morgen, Mama. Wo ist denn Papa?«

»Schon lange los. Er hat gemeint, es hätte mit etwas für dich zu tun«, sagte die Mutter lächelnd.

»Mit was denn?«, fragte Penelop voller Neugier.

»Das hat er mir nicht gesagt.«

Na toll! Penelop setzte sich an den Tisch und biss in ihr

Brötchen. Es war nicht so, dass sie Überraschungen nicht mochte. Sie mochte sie sogar sehr. Aber heute war sie einfach ungeduldig.

## 2
## Warten

In der Schule starrte sie die meiste Zeit zum Fenster hinaus. Wer überlegen muss, was ein Erdzauber ist, was der Vater für Überraschungen für einen fabriziert und wo er überhaupt hin war, kann sich eben nur schwer konzentrieren.

Es war ein glücklicher Zufall, dass Tom und Pietsch heute ihre Scooterchallenge gegen die Jungs aus der Parallelklasse organisierten. Sie redeten quer durchs Klassenzimmer, ein Zettel nach dem anderen musste durch die Bänke gereicht werden. Pietsch fotografierte sogar ihren Teilnehmerplan, schickte ihn gleich mal in die 6a, vergaß dann aber, sein Handy wieder auszuschalten, und wenig später klingelte es. Genauer gesagt gab es das wieder, was

Pietsch als Klingelton eingespeichert hatte: Toms und seine eigene Stimme, die riefen: »Unser Kommentar zur Schule« – und dann erscholl ein röhrender Doppelrülpser.

Die Klasse lachte laut auf. Herr Pumpf, der sonst so geduldige Lehrer, lachte nicht. Er kassierte Pietschs Handy und schimpfte: »Du bist heute wirklich unmöglich!«

Aus Penelops Sicht war Pietsch nicht unmöglich. Er war genau richtig. Erstens weil er ihr Freund war. Und zweitens weil sie sich dank ihm und Tom völlig ungestört in den Nachmittag hineinträumen und sich Überraschungen ausmalen konnte.

Der Nachmittag wurde leider nicht überraschend, sondern einfach nur lang, länger, am längsten. Treppe rauf, Treppe runter, zur Tür raus, niemand da. Zur Tür rein, Cucuu gestreichelt, zur Tür raus, immer noch nichts. Den buckligen Sandpfad bis zur Straße hinaufgetrottet, den Vögeln zugehört, wieder zurück. Rein ins Haus, einen Apfel gegessen, Treppe rauf, Treppe runter, wieder raus, kein Papa in Sicht. Mama beim Klarinetteüben zugehört, noch mal umsonst nachgesehen, Hausaufgaben gemacht und dann wieder alles von vorne, Treppe rauf …

»Wo bleibt Papa nur?« Penelop sah jetzt grimmig auf die gelbe Küchenuhr und genauso ihre Mutter an. Als könne Frau Gowinder etwas dafür, dass der Stundenzeiger nun schon in Richtung sieben wies und der Vater immer noch nicht zu Hause war.

»Beruhige dich, Penni. Er kommt bestimmt bald.« Die

Mutter begann, für das Abendessen zu decken. Der Tisch stand an der Wand, direkt unter einem Brett mit Einmachgläsern, Kräutern, getrockneten Beeren und der großen rotgoldenen Kaffeedose des Vaters. Auch wenn Frau Gowinders Arm beim Griff nach den Kräutern ihr seitlich das Gesicht verdeckte, hatte Penelop das Flattern ihrer Mundwinkel genau gesehen. Das bekam die Mutter doch, wenn sie sich fürchtete.

»Mama, ist irgendwas?«, fragte Penelop.

»Nein, nein, nichts«, lächelte die Mutter ein wenig glasig. Das Flattern um die Mundwinkel war wieder verschwunden.

Aha, nichts also, dachte Penelop und half, den Tisch fertig zu decken, dann schlüpfte sie wieder zur Haustür hinaus und ließ sich diesmal auf der kleinen Holzstufe nieder.

Unter der Stufe begann die Wiese und jenseits der Wiese der Sumpfwald. Von seinem Grunde stieg Nebel empor. Doch die ersten Schlüsselblumen rings um das Drachenhaus leuchteten den Schwaden tapfer entgegen.

Früher hatte das leicht windschiefe Holzhäuschen so ausgesehen, als hätte es eine Drachenhaut. Rote und grüne abgeblätterte Farbschichten hatten es überzogen. Da hatte Penelop es Drachenhaus genannt. Der Name passte eigentlich nicht mehr. Herr Gowinder hatte die gesprenkelten Außenwände letzten Herbst komplett abgeschliffen und mit durchsichtiger Farbe eingelassen. Er hatte die schiefen Fensterläden gerade in die Angeln gehängt und auch das wellige Dach repariert. Doch Penelop nannte ihr Zuhause trotzdem noch so.

»Ich kann von einem derart alten Haus nicht verlangen, sich noch umzugewöhnen«, hatte sie gefunden. »Auch wenn Papa wieder mit uns darin wohnt! Was sicherlich das Schönste ist, was man als Haus überhaupt erleben kann.«

Nur dass Oma Erlinda irgendwann ausgezogen war, bedauerte Penelop ein bisschen. Das Drachenhaus hatte drei nicht gerade große Zimmer plus die Wohnküche. Für sie alle zusammen war es ziemlich eng geworden. Oma wohnte jetzt oben im Dorf. Direkt über der Bäckerei, und das war wunderbar. Immer wenn Penelop sie besuchte, bekam sie Marzipankringel oder Nussecken serviert. Und Omas ziegelharter Apfelkuchen ohne Äpfel gehörte endgültig der Vergangenheit an.

Mit einer ruckartigen Bewegung warf Penelop sich nun ihre Struwweln auf den Rücken und starrte hinauf in die Baumwipfel, zwischen denen das Licht des Tages allmählich verblasste.

Der Nebel wurde zunehmend grauer, dichter und kroch über das Sumpfgras heran. Penelop begann ein wenig zu frösteln. Sie zog das eingelaufene Flanellhemd ihres Vaters enger um sich.

Wo steckte er nur? Ihr Unmut verwandelte sich in Sorge. War ihm etwas passiert?

Plötzlich huschte ein flüchtiges Zucken über ihren Nacken, und ein Schauer rieselte ihr den Rücken entlang. Das geschah immer, wenn sich jemand näherte, der ihr glich. Das konnte ja nur ihr Vater sein. Jemand anderes *Artgleiches* wohnte hier nicht in der Gegend. Bei dem Nebel konnte sie ihn natürlich nicht sehen. Die alte Rotbuche oben an der Straße war ja schon komplett vom Weiß verschluckt.

»Papa!«, rief Penelop in die dunstige Wand hinein. Da schwand die Empfindung wieder, versickerte, als hätte es sie nie gegeben, und es roch plötzlich nach feuchter Erde. Seltsam. Penelop stand auf und fasste nach der Türklinke.

»Papa, bist du da?«

Der helle Ruf eines Falken erklang.

»Papa«, flüsterte sie noch einmal.

Doch er antwortete nicht.

## 3
## Immer noch Warten

»Kommst du wieder rein? Wir fangen ohne ihn an zu essen.« Die Mutter zog Penelop zurück in die holzfeuergemütliche Küche, die von einem Duft aus überbackenem Käse und Kartoffeln durchzogen war.

Penelop war nicht nach Essen zumute. Sie war viel zu aufgewühlt. An den Tisch setzte sie sich trotzdem.

»Papa kann doch nicht einfach wegbleiben. Er hat mir versprochen, dass wir heute zum Steinkreis wandern und …«

Die Mutter füllte die Teller, dass sie dampften, und murmelte:

»Zu mir hat er gesagt, er müsse heute wohin, um etwas Wichtiges herauszufinden, was euresgleichen betrifft, etwas, was mit dir zu tun hat. Dass es so lange dauert, wusste ich auch nicht.« Sie stocherte in ihrem Kartoffelberg herum. Dann sah sie Penelop jäh an.

»Als ich vorhin zu dir sagte, es sei nichts, habe ich nicht ganz die Wahrheit gesagt. Ich mache mir Sorgen, Penni. Die mache ich mir immer, wenn Papa zu lange weg ist. Es ist vielleicht albern, aber ich habe dann jedes Mal Angst, dass er wieder komplett vom Erdboden verschwindet.« Sie lächelte matt. »Ich kann das einfach nicht abstellen.«

Penelops Vater war nämlich all die Jahre nicht freiwillig fort gewesen. Er war gefangen gehalten worden von zwei Männern seiner Art. Die hatten sich Leopolds Fähigkeit, die Gedanken anderer Menschen beeinflussen zu können, zunutze gemacht, um damit reich zu werden. Diese Männer, genannt Fellseifer und Platell, waren jetzt weit weg. Herr Gowinder hatte dafür gesorgt, dass sie nicht wiederkamen. Er hatte sie mit einem Vergessenszauber belegt, so dass sie sich an ihn, ja eigentlich an ihr komplettes bisheriges Leben nicht mehr erinnern konnten.

»Ich habe immer Angst, dass Leopold etwas zustößt.« Frau Gowinder zwirbelte hilflos an ihrer feinen Halskette herum, die ihr Mann ihr letztes Weihnachten geschenkt hatte.

Penelop tastete über den Küchentisch nach der Hand der Mutter. Sie war ihr dankbar. Dafür, dass sie ihr jetzt die Wahrheit sagte und nicht wieder so tat, als sei bei ihr alles in bester Ordnung.

»Mama«, begann sie. »Mit wem wollte Papa eigentlich heute etwas klären?«

»Das weiß ich nicht«, flüsterte die Mutter.

»Und ich auch nicht. Wie ich so vieles nicht weiß, was unsere Art angeht. Und das finde ich überhaupt nicht gut«, murmelte Penelop und überlegte, ob sie der Mutter erzählen sollte, dass sie eben vor der Haustür jemand gespürt hatte. »Ich weiß nur, dass Papa manchmal traurig ist.«

»Er hat viel durchgemacht«, erwiderte die Mutter. »Selbst ein Mensch wie er steckt das nicht in so kurzer Zeit weg.«

»Ja, aber …«

*Zuck, zuck* machte Penelops Nacken erneut, und der Rückenschauer ließ sie jetzt regelrecht zusammenfahren. Cucuu rannte maunzend über die Dielen. Die Haustür knarzte und dann, ja dann stand einfach Herr Gowinder im Drachenhaus. Mit nebelfeuchtem kupferrotem Haar, seinem Parka und einem Strahlen im wohlgeformten Gesicht, als wäre er die Sonne persönlich.

»Papa!!!« Penelop sprang auf und warf sich in seine Arme. Die Mutter stieß einen Seufzer der Erleichterung aus.

»Was für ein Tag! Tut mir leid, ich bin zu spät, meine Lieben. Aber ich kann es gleich erklären, und du wirst dich freuen, Penelop. Oh, hier gibt es ja Ofenkartoffeln mit Käse. Lucia, du kannst viel besser Gedanken lesen als ich!«

Er küsste Penelop fröhlich auf die Stirn und wand sich aus ihren Armen, um die Mutter ebenfalls zu küssen.

»Hallo Leopold«, sagte sie und zwang sich, sein Lächeln zu erwidern »Ja, du bist wirklich sehr spät, und wir haben gewartet. Vielleicht kannst du uns auch gleich erklären, wo du herumgeschwirrt bist, aber vorher möchte *ich dir* etwas erklären oder vielmehr mitteilen. Nämlich dass es mir reicht! Ich habe die ganze Angst satt!«

Der Vater sah völlig überrumpelt und auch ein bisschen erschrocken aus. Doch die Mutter war zu sehr in Schwung, um darauf zu achten.

»Angst ist schlimm. Besonders wenn man nicht weiß, woher sie kommt. Ich will endlich wissen, was damals genau geschehen ist. Obwohl Fellseifer und Platell über alle Berge sind und sich an nichts erinnern können, habe ich den Eindruck, dass du immer noch mit damals beschäftigt bist und dich fürchtest.«

»Ich fürchte mich nicht mehr«, wandte der Vater sanft ein. »Ich bin nur manchmal ziemlich traurig. Vielleicht sieht das dann so aus. Außerdem habe ich ... ach, ich möchte gerne erst etwas essen und dann ...« Weiter kam er nicht.

»Und warum bist du traurig? Keinen Aufschub mehr!« Die Stimme der Mutter wurde greller. »Als du dir vor elf Jahren plötzlich die Haare mit der Aschenpaste gefärbt hast, damit deinesgleichen dich nicht mehr spüren können, da hast du zu mir auch gesagt: ›Später, Lucia, ich erkläre es dir später.‹ Zu ›später‹ ist es aber nie gekommen, weil du dann nämlich nicht mehr da warst!«

Penelops Brust zog sich zusammen. Jetzt war ihre Mutter aber ungerecht. So wie sie sprach, hörte es sich ja fast so an, als könne ihr Vater selbst was dafür, dass er nicht mehr bei ihnen gewesen war. Und das, wo er gerade gesagt hatte, dass er traurig war.

Herr Gowinder ließ sich auf den Küchenstuhl sinken.

»Mama, wie kannst du …«, begann Penelop.

»Es tut mir leid«, sagte die Mutter sofort. »Ich hatte einfach Angst. Ich hatte mich nicht mehr im Griff. Ich … Leopold, vielleicht kannst du ja essen und gleichzeitig erzählen, was dich bedrückt.«

Der Vater nickte und bekam einen ganz seltsamen Blick. Dic Kartoffeln rührte er nicht an.

»Eigentlich wollte ich etwas Schönes erzählen und nicht das von damals. Aber gut. Also, der Tag, an dem … ich weiß nicht, ob ich es euch erzählen kann. Es ist so schlimm.« Er verstummte wieder. Doch dann straffte er sich, schöpfte erneut Luft und fing an zu berichten, und Penelop war für das, was dann kam, nicht ganz gewappnet.

## 4
## Düstere Erinnerungen

»Der Tag, an dem ich die Aschenpaste kreiert habe, war der schlimmste meines Lebens«, begann der Vater. »Ich hatte die Paste, wie ihr ja wisst, nicht zum Spaß zusammengerührt, sondern um mich für Leute unserer Art unspürbar zu machen. Weil ich abgrundtiefe Angst hatte. Angst zu sterben. So wie Alpha Regius an diesem Tag gestorben ist.«

Herr Gowinder sah auf seine großen Hände, die ineinander verschlungen auf dem Tisch lagen.

»Alpha Regius?«, fragte Penelop. »Der, der unser Buch mit dem schimmernden Einband geschrieben hat?«

Leopold nickte.

»Genau der. Ich habe an diesem Tag den Menschen verloren, den ich nach dir, Lucia, am meisten verehrt, ja geliebt, habe. Du warst ja noch nicht auf der Welt, Penelop. Alpha Regius war nicht nur einer der inspirierendsten Männer unsrer Art und unser aller großes Vorbild, sondern er war auch mein Lehrer und Mentor. Und ich vermisse ihn immer noch schmerzlich. Oder vielleicht vermisse ich ihn jetzt schmerzlicher denn je.«

Der Vater hielt inne.

Die gelbe Uhr gab beharrlich ihr leises *Tick, Tick, Tick* von sich, und Penelop kam es plötzlich so vor, als würde die Zeit verrinnen und knapp werden. Knapp wofür? Das konnte sie nicht sagen, es war nur so eine Ahnung, ein kaum fassbares Gefühl.

»Und weiter?«, fragte die Mutter nach einer Weile vorsichtig.

»Was? Ach ja …« Der Vater sah die Mutter jetzt direkt an.

»Damals habe ich zu dir gesagt: ›Ich verschleiere mich, ich werde unsichtbar für meinesgleichen. Wir werden umziehen und an einem neuen Ort ein normales Leben führen.‹ Und das ging ja auch gut. Wir waren jung, wir waren verliebt, und ich war abgelenkt und musste mich dem Schmerz um Alpha Regius nicht stellen. Und als Penelop dann geboren wurde, war unser Leben sowieso so erfüllt.«

Penelop wurde es kribblig warm im Bauch. Es war einfach immer wieder so schön, das mit dem »Erfülltsein« zu hören.

»In den langen Jahren meiner Gefangenschaft habe ich nur an euch gedacht. Immer nur an euch. Aber jetzt, da ich wieder frei bin und mich nach all der Zeit niemand mehr verfolgt, jetzt kommt alles, was damals geschehen ist, wieder hoch.«

»Das verstehe ich nicht.« Penelop zog die Stirn kraus. »Wieso ›nach all dieser Zeit niemand mehr verfolgt‹? Du hast doch Fellseifer und Platell außer Gefecht gesetzt.«

»Ich habe mich damals vor einer ganzen Gruppe von Leuten versteckt. Fellseifer und Platell gehörten zwar auch mal dazu, aber sie sind irgendwann wieder ausgestiegen und haben ihre eigenen Ziele verfolgt. Jedenfalls gehörten sie nicht zu denen, die Alpha Regius auf dem Gewissen haben.«

»Auf dem Gewissen? Du meinst …« Die Mutter hielt sich die Hand vor den Mund, und der Vater sprach mit brüchiger Stimme weiter.

»Ja. Ich habe damals gesehen, wie Alpha Regius getötet wurde. Auf dem Gang, vor der Tür von Frau Winkel.«

»Wer ist denn jetzt wieder Frau Winkel?«, fragte Penelop.

»Frau Winkel war Alpha Regius' Gehilfin, Assistentin, Sekretärin oder so, vielleicht auch seine Lebensgefährtin. Ich weiß es nicht genau. Ich habe sie nur zweimal gesehen. Alpha Regius hatte mich zu ihrem Arbeitszimmer bestellt. Frau Winkel sollte mir meine Arbeit, die ich über Gegenkräfte geschrieben hatte, zurückgeben. Alpha Regius hatte diese Arbeit nach Unklarheiten durchgesehen und bei ihr hinterlegt.

Ich war an diesem Tag viel zu früh dran und stieg deshalb sehr langsam die gewundene Treppe nach oben. Wäre ich doch schneller gegangen! Wäre ich doch …«

Der Vater verstummte. Nach einer Weile rüttelte Penelop ihn behutsam am Unterarm, denn er schien völlig vergessen zu haben, dass er gerade etwas erzählte.

»Was? Ach so, ja, das Arbeitszimmer von Frau Winkel lag ganz am Ende eines weiten, langen Ganges. Ich öffnete die bronzene Schwingtür, die das Treppenhaus von diesem Gang trennt, und da standen sechs Gestalten weit hinten, direkt vor Frau Winkels Tür. Unseresgleichen. Natürlich, alle in diesem Gebäude waren unseresgleichen. Einer der sechs war Alpha Regius. Die anderen habe ich nicht erkannt, denn sie standen mit dem Rücken zu mir. Nur Alpha Regius, der stand so, dass ich sein Gesicht sehen konnte, und das war kalkweiß.

Dann ging alles unglaublich schnell. Er rief ›Verschwinde!‹ – ich glaubte, er meinte mich. Er hob beide Hände, so als ob er sich ergäbe. Aber vielleicht wollte er auch seine Gegenüber verschwinden lassen, ich weiß es nicht. Auch die anderen hatten plötzlich die Hände nach oben gerissen, merkwürdig gekrümmt.

»Es wird weitergehen«, hallte Alpha Regius' Stimme durch den Gang. »Ich bleibe ich.« Und er sackte zusammen und fiel dumpf zu Boden. Ich war wie erstarrt. Ich konnte nicht fassen, was geschehen war.

»Tja, good bye, old Alpha, wird wohl nichts mit ›ich bleibe ich‹«, stieß einer verächtlich hervor und tastete nach Alpha Regius' Puls. »Du wirst jetzt nur noch Erde.«

Ein anderer aber brüllte: »Hey, da hinten ist jemand! Schnappt ihn euch!«

Ich bin sofort ins Treppenhaus, dann nach unten und hinaus ins Freie gerannt. In den verblichenen Gräsern vor dem Gebäude habe ich mich notdürftig verwurzelt und bin nach oben gezischt. Ehe einer von diesen Leuten aus dem Gebäude herausgekommen war, war ich in den Wolken verschwunden. Ich wusste nicht, ob sie mich erkannt hatten.«

Penelop stand auf. Sie musste sich bewegen, musste die Beklemmung aus ihren Gliedern schütteln. Cucuu strich um ihre Beine. Penelop bückte sich, nahm die Katze auf den Arm und drückte ihr Gesicht in das stumpfe Fell. Der Vater sah zu ihnen. Aber Penelop kam es so vor, als blicke er durch sie hindurch und würde dort, weit weg, nur sich selbst sehen, wie er fortflog …

»Ich flog sofort nach Hause. Und das war der Abend, Lucia, als ich so verstört zu dir kam und gleich hoch in unser Zimmer rannte, um meine Bücher zu Rate zu ziehen. Ich habe Kräutertinkturen gemischt und zu experimentieren begonnen. Alles, was ich zustande brachte, war hochexplosiv. Zu gefährlich, um sich damit unsere Wahrnehmbarkeit aus den Haaren zu ziehen. Aber irgendwann habe ich das mit der Asche rausgefunden: Ich hatte die Paste erschaffen, die uns für unseresgleichen unspürbar macht. Sie erzeugte graue oder weiße Haare, und leider dämpfte sie auch meine Kraft extrem. Aber das war ein geringes Opfer für Sicherheit, dachte ich mir. Und dann sind wir hierher, in unser geliebtes Holzhaus umgezogen. Und ich habe versucht, meine Leute, meine Welt zu vergessen. Ich habe versucht, ohne sie zu leben, ja, ohne sie glücklich zu sein.«

Der Blick des Vaters verweilte immer noch auf Penelop und Cucuu. Doch nun nahm er sie wieder wahr, sah sie unverwandt an.

»Ich höre Alpha Regius' Stimme in mir wispern und werde traurig. Es ist, als hätten meine Erinnerungen in tiefgefrorener Erde gelegen, sie sind richtig frisch. Sie kreisen mich ein. Ich frage mich, ob ich Alpha Regius nicht hätte helfen können, ihn retten, wenn ich damals auf dem langen Gang sofort zu ihm geeilt wäre. Diese Frage lastet auf meinem Herzen wie ein Stein.«

»Warum?«, fragte Penelop.

»Warum«, wiederholte der Vater leicht befremdet.

»Warum haben die Alpha Regius getötet, meine ich.«

»Ich weiß es nicht mit Sicherheit. Vielleicht weil er ein sehr Mächtiger unserer Art war. Er hat uns beigebracht, quer und durchdringend zu denken. Nicht nur die üblichen vorgefertigten Gedanken. Er war der beste Lehrer, den wir je hatten.«

Penelop ließ Cucuu wieder hinunter auf die Dielen. Sie bekam plötzlich eine unglaubliche Sehnsucht, auch so einen Lehrer oder eine Lehrerin zu haben. Und auch danach, sich mehr in der Welt ihrer Art zu bewegen. Selbst wenn es da vielleicht gefährlich war. Sie wollte sich dort auskennen, sie wollte, wie ihr Vater soeben, auch mal *uns* und *wir* sagen können. Und da Leopold bisher kaum von seinem früheren Leben erzählt hatte, sog Penelop nun all seine Wörter auf, als wären sie Regen und sie selbst ein viel zu trockenes Beet.

»Alpha Regius hat sich für Gleichberechtigung eingesetzt«, begann Herr Gowinder nun wieder. »Schon als sehr junger Mann hat er dafür gesorgt, dass auch Mädchen magisches Training erhielten. Bis vor noch gar nicht so langer Zeit war das nämlich reine Männer- und Jungensache gewesen. Aber Alpha Regius hat diese verkrusteten Strukturen mehr und mehr aufgeweicht.«

»Hört sich vernünftig an«, murmelte die Mutter. »Und er war ein Mann. Das ist besonders. Viele Menschen setzen sich ja für Dinge ein, die sie selbst betreffen.«

»Ja, er war sehr besonders«, fuhr der Vater fort. »Es gab jedoch diese Gruppe von Leuten, die sich *Der Goldene Kondor* nannte. Die wollten zurück zu mehr Tradition. Sie verlangten eine einheitliche Ausbildung, in der funktionales Zaubern und absoluter Gehorsam das Wichtigste sein sollten. Sie wurden mehr. Und sie wurden immer gewaltbereiter. Eines Tages wollten sie tatsächlich mich anheuern, Alpha Regius zu bespitzeln. Sie vermuteten, dass hinter seiner außerordentlichen Kraft ein dunkles Geheimnis läge. Dieser Job würde mir eine hohe Position mit viel Geld einbringen. Ich habe natürlich abgelehnt und Alpha Regius davon erzählt. Er hat darüber nur gelacht und gemeint: ›Lass sie nur, Leopold.‹«

»Und diese Leute waren dann die, die ihn …?«, fragte die Mutter.

»Die Menschen auf dem Gang haben jedenfalls diese

Kleidung getragen: Dunkle seidige Jacken mit einem goldenen Kondor auf dem Rücken. Mittlerweile haben sie sich in alle Winde verstreut. Keiner von ihnen ist mehr da.«

»Aber wieso hat Alpha Regius sich nicht gewehrt? Wenn er doch so fähig war?«, wand Penelop ein.

Der Vater blickte wieder gedankenverloren ins Leere. »Irgendetwas muss passiert sein. Vielleicht war er geschwächt. Vielleicht konnte er nicht mehr.«

»Vielleicht«, murmelte Penelop, »vielleicht hatten die vom Kondor ja einen anderen Spion gefunden? Diese Assistentin, diese Frau Winkel. Sie hat Alpha Regius ja anscheinend nicht geholfen. Obwohl er direkt vor ihrer Tür stand.«

»Sei still, Penelop«, sagte der Vater sofort. »Was redest du denn da? Noch dazu über einen Menschen, den du überhaupt nicht kennst! Alpha Regius hat Frau Winkel sehr geschätzt und hätte sich nie von jemandem wie ihr täuschen lassen. Sie war nicht sonderlich begabt, sie konnte eigentlich gar nichts, also jedenfalls was unsere Fähigkeiten angeht.«

»Ja, ja. Ist ja gut«, murrte Penelop. Ihr kam es einfach komisch vor, dass dieser Großmeister sich einfach so hatte ausschalten lassen.

Die Mutter nahm jetzt die Hand des Vaters und drückte sie.

»Es tut mir leid, Leopold. Es tut mir leid, dass du diesen schlimmen Tod deines Lehrers miterleben musstest. Verzeih bitte, dass ich vorhin so außer mir war und so grob zu dir. Und danke, dass du uns all das erzählt hast. Ich bin froh darüber.«

Der Vater zog seinen Mund zu einem kleinen Lächeln. Die Mutter sprach weiter.

»Und was deine Frage angeht, ob du deinen Lehrer hättest retten können: Er selbst hat es jedenfalls nicht gewollt, vergiss das nicht. Er hat dich gesehen und ›verschwinde‹ gerufen.«

Leopold nickte langsam. Schließlich seufzte er:

»Danke, dass ihr mir zugehört habt. Ich hoffe nur, dass ihr euch jetzt nicht noch mehr sorgt.«

Penelop kaute auf ihrer Lippe. Sich noch mehr sorgen? Nein. Jetzt konnte sie ihren Vater doch viel besser verstehen.

»Ich mach mal die Kartoffeln wieder warm«, sagte sie.

»Nein, lass, das mach ich«, riefen Frau und Herr Gowinder gleichzeitig, sprangen auf und stießen mit den Köpfen aneinander. Sie hielten sich die Stirn, guckten sich an und mussten beide lachen. Und plötzlich musste Penelop mitlachen.

Als der Dampf schließlich aus der Pfanne stieg, verflüchtigte sich mit ihm auch die Anspannung aus der Küche. Und als die drei später zusammen eine Schüssel Vanillepudding mit Himbeersoße auslöffelten, fühlte Penelop ihre tiefe Verbundenheit mit den Eltern. Und auch eine neue Verbundenheit mit ihrer Welt.

## 5
## Neuigkeiten

Das Tolle am Wochenende ist unter anderem, dass man ausschlafen kann. Jedenfalls wenn einem nicht um halb acht Uhr morgens der Nacken zuckt und ein emsiger Specht einen aus dem Bett hämmert.

Penelop fuhr aus den Kissen. Das beginnende Licht des Tages drang erst spärlich ins Zimmer. Die Holzdielen waren noch ganz grau.

*Klopf, klopf, klopf, klopf.*

Seit wann trommeln Spechte denn gegen Haustüren?

Sie schubste Wärmflasche Cucuu von ihren Füßen und schlurfte schlaftrunken auf den Gang hinaus. Durch die angelehnte Tür ihrer Eltern drang gleichmäßiges Atmen.

*Klopf, klopf, klopf.*

»Penelooooop!!!!«, rief eine leicht kratzige Mädchenstimme. »Hey, bist du etwa gar nicht zu Hause?«

So schnell es Penelops müde Beine ihr erlaubten, war sie die knarzende Holztreppe unten. Cucuu dicht hinter ihr. Licht an. Tür auf.

»Gina, was soll das?«, funkelte sie das dünne rotblonde Mädchen an, das draußen in der Morgendämmerung stand.

Gina war Penelops Freundin. Sie wohnte relativ weit weg, in der nächsten Stadt, und war zwölfeinhalb. Abgesehen von Penelops Vater waren Gina, ihr Bruder Gian und die Eltern der beiden die einzigen Menschen, die Penelop kannte, zu denen sie *unseresgleichen* sagen konnte.

»Ist etwas passiert?«

»Passiert? Nein. Aber ich habe eine Frage«, meinte Gina vergnügt, drängte sich an Penelop vorbei in die warme Küche und warf ihren schwarzen Poncho über einen Küchenstuhl. Dann begann sie, ihre endlos geschnürten Stiefel mit Runenverzierung aufzuknoten.

»Eine Frage?« Penelop konnte es nicht glauben. »Falls es dir entgangen sein sollte: Es ist halb acht Uhr morgens!«

»Mach nicht so ein Drama, mach uns lieber einen Tee.« Gina streifte sich stöhnend die jetzt offenen Stiefel von den Füßen und ließ sich zu ihrem Poncho auf den Stuhl plumpsen. »Ah, viel besser. Sie sind schick, aber zu eng. Mein Vater musste heute sehr früh etwas erledigen, und da er zufälligerweise hier vorbeifuhr, dachte ich mir, ich komme schnell mit. Und?«

»Was und?« Penelop setzte das Teewasser auf und hüllte sich in das wollgrüne Schultertuch ihrer Mutter.

»Na, ich meine, buchen wir das ganze Paket oder erst mal nur das Einsteigerprogramm? Ich konnte die ganze Nacht nicht schlafen, weil ich mir nicht sicher bin. Du etwa schon? Meine Eltern meinten, es sei schon nicht ganz billig, aber wenn ich unbedingt drauf bestehe, würden sie es natürlich bezahlen, ich war ja auch letztes Jahr krank und konnte nicht hin, und Gian bekommt sowieso eine Vergünstigung, weil er irgendwem assistieren wird. Na ja, und ich dachte mir, ich frage jetzt erst mal dich, weil ohne dich hätte ich keine Lust, das Komplettpaket zu machen, wer weiß denn schon, wie die anderen da so sind, und …«

»Gina? Wovon redest du?«

»Na von dem Kurs! Von was denn sonst«, gab Gina ein wenig verwundert zur Antwort.

»Kurs?« Mit einem Mal war Penelop hellwach.

Gina fingerte in ihrer Hosentasche herum und zog ein zerknülltes weißes Etwas hervor.

»Ich dachte, ihr hättet die Ausschreibung auch bekommen«, meinte sie, strich den hauchzarten Stoff glatt und schob ihn über den Tisch. Penelop begann zu lesen.

Einladung

stand dort in silbrigen Buchstaben, die wie feine Wasserläufe über den Stoff zu fließen schienen.

*Wir freuen uns, euch zu den diesjährigen Grundlagenkursen ins Halbmondcamp einladen zu können. Pflanzen- und Zeitzauber sowie Minimalverwandlungen werden von Grund auf gelernt.*
*Mit Gideon Sommer, Margaretha Renz, Albruna Mandras und weiteren.*
*Zwei Wochen im Frühjahr, vier Wochen im Sommer.*
*Anmeldung ab sofort möglich, Kosten, …*

Penelop sah auf. Ihr Herz begann zu hüpfen. Sie brachte ein gehauchtes »Gina« hervor, dann warf sie sich einfach der Freundin entgegen. Beinahe wäre der Stuhl umgekippt. So lange warteten die beiden ja schon auf diesen ersten Kurs. Und hier stand nun endlich, silbrig auf weiß, wann und wo er stattfinden würde!

»Jetzt geht es los mit uns, oder? Wird bestimmt super«, quietschte Gina und schubste Penelop von sich hinunter. »Ich wäre ja eigentlich lieber nach England zu dem Training, zu dem Gian so oft gefahren ist, du weißt ja, die bauen da immer so coole Sachen wie Anti-Eyes und so Zeug, aber meine Mutter meinte, es ist gut, wenn wir erst mal lernen, die Kraft aus uns selbst zu holen. Deswegen soll ich auf alle Fälle mit dem Basaltraining anfangen, und später kann ich dann technisch aufbauen und …«

»Hallo, hallo. Wir haben ja bereits Besuch. Ich dachte, ich sehe mal nach, wer hier so kichert. Guten Morgen, Gina. Hallo, Penelop.« Leopold Gowinder lächelte oben auf der Holztreppe und sah wie seine Tochter noch schlafzerknittert aus. Doch im Gegensatz zu ihr hatte er sein welliges Kupferhaar halbwegs gekämmt und war bereits angezogen.

Gina winkte ihm fröhlich zu, und Penelop konnte nicht anders, sie flitzte ihm entgegen, das Vlies hochhaltend. »Papa! Gina hat eine Ausschreibung dabei! Der erste Kurs für unser Alter!«

»Ich weiß«, sagte Leopold und kam die Treppe hinunter. »Das Halbmondcamp war ja auch die Überraschung, die ich dir gestern eigentlich erzählen wollte. Nur ist das dann in all dem anderen untergegangen.«

»Was?«, rief Penelop.

»Deshalb bin ich gestern doch so spät gekommen. Weil das Schlaumachen, wer da außer den genannten drei sonst noch unterrichten wird, so lange gedauert hat«, sagte der Vater und stellte seine kleine verschnörkelte Espressokanne auf den Herd. Die hatte die Mutter von ihrer letzten Konzertreise aus Italien mitgebracht. »Es ist alles in bester Ordnung. Der Großteil der Lehrer und Lehrerinnen ist mir bekannt, und sie sind richtig gut. Wir melden dich natürlich an.«

In Penelop begann es jetzt regelrecht zu strudeln vor Glück. Ihr Vater hatte sich bisher der Welt ihrer Art nicht mehr richtig zugewandt. Wahrscheinlich brauchte er einfach noch mehr Zeit dazu. Aber er erlaubte ihr, dorthin zu fahren und ihre eigenen Erfahrungen zu sammeln, und dafür war sie ihm von ganzem Herzen dankbar. Gina lachte:

»Jetzt werden wir durchstarten. Was sind das denn für Lehrerinnen und Lehrer, Herr Gowinder?«

Herr Gowinder kam nicht dazu, zu antworten, denn jetzt klopfte es schon wieder an die Haustür. Wenn auch viel zaghafter als vorhin.

»Was ist heute eigentlich los?«

Penelop riss die Tür auf.

»Hi Penelop«, grinste Tom.

»Wir haben Licht gesehen und uns deswegen getraut zu klopfen«, sagte Pietsch.

Beide hielten etwas Langes, Splittriges in der Hand, das vielleicht einmal ein Besen oder eventuell auch ein Holzpaddel gewesen war.

»Ah«, konnte Penelop nur sagen. Sie war noch zu eingenommen von den Camp-Neuigkeiten. Aber der Vater winkte die beiden strohblonden Turnschuhjungen sogleich herein, und Gina begrüßte Penelops Freunde, indem sie ihre Teetasse hochhielt.

»Wir wollten heute eigentlich eine Tagestour machen. Mit den Kajaks, doch da …«, erklärte Pietsch.

»Doch da bekamt ihr das Bedürfnis nach weiblicher Begleitung«, vervollständigte Gina seinen Satz und schlürfte an ihrem Tee.

»Überhaupt nicht«, stellte Tom sofort klar.

»Wobei wir darüber natürlich verhandeln könnten«, meinte Pietsch und grinste. »Aber eigentlich wollten wir Sie fragen, Herr Gowinder, ob Sie sich vielleicht mal unsere Paddel ansehen könnten. Denn mit dem kaputten Ding hier kommen wir wohl nicht mal bis zur ersten Biegung. Und mein Vater meinte, Sie wären handwerklich absonderlich begabt.«

Leopold arbeitete ab und zu in der Baumaschinenfirma von Pietschs Vater. Er nahm den Jungen die Paddelreste aus den Händen und betrachtete das leicht angefaulte und zerfledderte Holz.

»Hm. Mal sehen. Ich gehe mal in den Schuppen.« Er goss seine Espressotasse voll, schaufelte großzügig Zucker hinterher, und schon war er verschwunden.

Für einen winzigen Moment war es still in der Küche. Aber natürlich nur für einen sehr winzigen, denn Gina befand sich ja im Raum.

»Also, was ist jetzt?«, begann sie auch schon. »Wo geht denn unsere Reise hin? Wird das eine Picknickfahrt? Habt ihr was zu essen dabei? Zimthörnchen zum Beispiel fände ich nicht schlecht.«

»Wollt ihr wirklich mit?«, wandte Pietsch sich an Penelop, die in ihrem Nachthemd und dem Schultertuch nicht unbedingt den Eindruck machte, als wäre sie für eine Bootstour zu haben.

Penelop zögerte wirklich. Nicht wegen ihrer Nachtkleidung, sondern weil sie doch mit Gina und ihrem Vater über die Kursausschreibung sprechen wollte. Und Pläne machen und die Anmeldung abschicken und … Aber vielleicht musste das ja gar nicht sofort sein. Das Camp würde deshalb nicht eher stattfinden. Toms blitzblaue Augen sahen sie so offen und gutgelaunt an, und Pietsch fügte jetzt noch hinzu:

»Mein Vater holt uns am Nachmittag mit dem Hänger an der Schleuse ab. Wir paddeln also nur stromabwärts. Es wird somit nicht anstrengend. Nur lustig, vor allem, wenn ihr mitkommt!«

»Okay. Bin gleich angezogen«, rief Penelop und rannte nach oben.

Beim besten Willen konnte man nicht behaupten, dass das Tolle an diesem Wochenende das Ausschlafen war! Aber sie hatte tolle Freunde, sie würde schon bald zu einem tollen Camp fahren, und als sie wieder nach unten kam, stand dort ihr Vater mit einem toll wiederhergestellten Paddel.

Bald kam auch noch die Mutter nach unten. Sie freute sich über den Kinderauflauf, sprach kurz mit allen, strich Penelop zum Abschied über die Wange und erinnerte sie daran, dass sie und Leopold am Abend ins Kino gehen würden und Oma Erlinda vorbeikäme.

Der Vater küsste Penelop und meinte:

»Das mit dem Erdzauber gehen wir dann einfach morgen an, in Ordnung?«

Penelop nickte, und so machten sich die vier wenig später warm angezogen mit ihren Fahrrädern auf den Weg.

## 6
## Ein Fluss ist keine Straße

Das von Wurzeln aufgeworfene alte Straßenpflaster ruckelte die Kinder wie immer ordentlich durch. Alle waren froh, als es endlich in Teer überging.

Die vier hatten schon beinahe die Stelle erreicht, wo ein Trampelpfad durch hohes sandfarbenes Riedgras zum Bootssteg führte, da machte Penelops Vorderreifen plötzlich wie von selbst einen riesigen Satz. Sie klammerte sich an den Lenker, spürte, wie sie sich vom Sattel löste, und im nächsten Moment saß sie auf dem Boden.

»Penelop, oje, Penelop!«, rief Gina, die vorangefahren war. Toms und Pietschs Bremsen quietschten. Sie eilten zu ihr.

Penelop hatte sich zum Glück nicht so schlimm weh

getan. Nur hörte sie jetzt unter und um sich herum eine donnertiefe Stimme wummern.

»Tut mir leid. Ich bin durcheinandergekommen.« Der Straßenbelag unter Penelops Po erzitterte leicht, was außer ihr aber niemand mitbekam. »Ich bin es nicht gewöhnt«, donnerte die Stimme weiter, »dass euresgleichen gleichzeitig von unten und von oben auf mir unterwegs ist.«

»Was?«, flüsterte Penelop benommen. »Unseresgleichen?«

Es war nämlich so, dass Penelop und die Straße eine, ja, sagen wir mal, ungewöhnliche Beziehung zueinander hatten. Die Straße hatte sich seit letztem Jahr angewöhnt, ab und an ihr Wort an Penelop zu richten. Genauer gesagt war es meistens nicht nur ein Wort, sondern ganze Abhandlungen und manchmal sogar unberechenbare Bewegungen. So auch jetzt.

»Tut es arg weh?« Gina beugte sich über Penelop. Tom hob ihr Fahrrad auf.

»Wieso von unten und oben unterwegs?«, fragte Penelop die Straße, ohne Gina gehört zu haben.

»Ich glaube, sie hat sich den Kopf angehauen«, stellte Pietsch mitfühlend fest.

»Wir sind doch hier ganz normal entlanggefahren«, sagte Penelop und richtete sich langsam auf, und Pietsch suchte den Straßenbelag nach der Unebenheit ab, die Penelop hatte stürzen lassen.

»Ja, *ihr* seid ganz normal gefahren, aber dieser Erdwurm von euresgleichen bringt mich um den Verstand«, verhallte die rumpelnde Stimme in der Ferne, und Penelop wusste aus Erfahrung, dass die Straße nun nicht weitersprechen würde. Das war wahrscheinlich auch besser so. Denn erst jetzt wurde ihr bewusst, dass Gina, Tom und Pietsch, die die Straßenstimme ja nicht hören konnten, sie ziemlich besorgt betrachteten.

»Puh«, sagte sie, stand auf und klopfte sich die Hose ab. »Es geht wieder, wir können weiter.«

»Bist du sicher?«, wollte Pietsch wissen.

»Bin ich«, antwortete Penelop tapfer, stieg aufs Rad und beschloss, später darüber nachzudenken, weshalb Erdwürmer anscheinend für die Straße zu ihresgleichen zählten.

Und dann waren sie da. Träge und grün dehnte sich der Fluss durch die Wiesen. Seine Oberfläche dampfte weiß in der gleißenden Flut der Morgensonne.

Penelops Knie taten noch ein wenig weh. Aber sie hüpfte einigermaßen schwungvoll in das kleine rote Kajak, in dem Gina Platz genommen hatte. Schon stießen sie vom Ufer ab. Tom und Pietsch sprangen in ein grünbraunes Boot und folgten ihnen.

»Los Gina, gib alles.« Penelop atmete den Flussgeruch ein und tauchte das Paddel tief ins Wasser. »Es wird nicht anstrengend, hat Pietsch behauptet. Aber er hat ja auch nicht gewusst, dass wir gleich ein Rennen fahren.«

Gina kicherte, tat wie ihr geheißen und murmelte den kleinen Beschleunigungszauber, den ihr Bruder Gian ihr beigebracht hatte. Jedenfalls versuchte sie es. Aber ihr

Boot bekam sogleich einen starken Linksdrall, stellte sich quer, und Tom und Pietsch wären um ein Haar in sie hineingekracht. Dann aber glitten die Jungs doch triumphierend und eiskaltes Wasser spritzend an den Mädchen vorüber.

»Na wartet!«, rief Gina. Und ein wenig leiser: »Nachdem wir beim Halbmondcamp waren, wird mir das nicht mehr passieren.«

Dann legten sich Penelop und Gina ins Zeug und holten ganz ohne Zauber auf. Bald fuhren die Kajaks Seite an Seite. Schneller und schneller. Voran, voran.

»Achtung!«, rief Tom, pfefferte sein Paddel kurzerhand ins Boot und war *zack* zu den Mädchen hinübergesprungen.

»Bist du komplett verrückt?!«, schimpfte Penelop und hielt sich am Rand des schaukelnden Kajaks fest.

»Was glaubst du, wie leicht man da reinfallen kann?«, quiekte Gina.

»Ziemlich leicht«, antwortete Tom lässig stehend. »Aber nicht, wenn man es kann.« Das rote Kajak lag durch Toms zusätzliches Gewicht nun sehr tief im Fluss. Ein Fisch hüpfte direkt neben ihnen aus dem Wasser und wäre beinahe ebenfalls im Boot gelandet. Gina kreischte auf.

»Komm wieder rüber, Tom. Nicht dass noch was passiert.« Pietsch ruderte sein vom Sprung zurückgestoßenes Boot erneut heran.

Aber weil Tom nicht wieder rüberwollte, kletterte eben Penelop zu Pietsch.

Danach paddelten sie eine Weile ruhig dahin. Silberweiden mit frisch getriebenen Blättchen, Haselwurz und die ersten Sumpfdisteln säumten das Ufer. Die Sonne stieg höher, sie wärmte die Kinder in den Kajaks. Und in den Lüften die rufende Kette aus Kranichen, die aus den Winterquartieren heimkehrten.

Keiner der vier sprach. Sie alle waren vom summenden Glück des Frühlings erfüllt. Bis Pietsch irgendwann einfiel, dass er ja gestern ein Video über sehr lustige Fische gesehen hatte.

»Bei diesen Fischen gibt es nur ein einziges Weibchen im Schwarm«, begann er. »Und wenn das stirbt, dann verwandelt sich das entspannteste der Männchen einfach in ein neues Weibchen. Aber sobald er sich verwandelt hat, beginnt er oder vielmehr beginnt sie, die anderen Fischmännchen ordentlich zu ärgern. So doll, dass die in einem fort Stresshormone ausschütten müssen. Auf keinen Fall dürfen sich die Männchen entspannen, sonst würden sie sich nämlich ebenfalls in Weibchen umwandeln.«

Penelop und Gina gluckten, und Tom fragte:

»Und willst du uns damit etwa was sagen?«

»Nein, nix. Ich finde es nur lustig«, antwortete Pietsch gutmütig, als ein flüchtiges Zucken über Penelops Nacken huschte. Gina empfand es auch. Jedenfalls irrten ihre Augen, ja ihr ganzer Kopf suchend umher.

»Was ist denn?« Tom verstand den plötzlichen Aufruhr der Mädchen nicht.

»Hier ist jemand«, flüsterte Penelop.

»Na und?«, meinte Pietsch. »Wir sind eben nicht allein auf der Welt.«

Es war eine grauhaarige Frau in einem abgetragenen dunklen, langen Kleid wie aus einer längst vergangenen Zeit. Sie stand mit dem Rücken zu ihnen am Ufer. Genau dort, wo sie gerade vorbeigefahren waren. Wieso hatten sie sie bis eben weder gespürt noch gesehen? Die Frau wandte ihren Kopf nach rechts, nach links, blickte nach oben, ja, schien sogar für einen Moment den Kranichzug abzusuchen. Dabei bewegte sie sich merkwürdig langsam.

Einem Instinkt folgend, ließ Penelop sich auf den kalten Bootsboden rutschen. So tief es ging. Dann sah sie von Pietsch verborgen zurück.

Die Frau drehte sich um. Sie hielt ihre Hand schützend über die Augen und gewahrte Gina im linken Kajak. Ein leichter Wind kam auf, ließ das trockene Schilf rieseln und trieb die Boote ein wenig an. Gina winkte.

»Hallo«, rief sie ganz selbstverständlich der alten Dame zu. Und auch Tom und Pietsch nickten in ihre Richtung.

»Hallo ihr drei«, rief die Frau zurück, glättete ihr langes Kleid und hob ihre Hand zum Gruß. Ihre Stimme klang etwas trocken, jedoch nicht unfreundlich. Jetzt sah sie wieder zum Himmel. Suchend. Sie beachtete die Kajaks nicht mehr. Sie rief abermals einen Gruß. Diesmal nicht an die Kinder, sondern an – ja, an wen eigentlich?

»Der Maulwurf ruft den Falken! Hörst du? Ich bin es!«

Pietsch grinste die anderen an. »Hä? Ein Maulwurf ruft etwas? Alles klar.«

Gina kicherte, Tom zuckte mit den Schultern, und Penelop überlegte, woher diese Frau nur auf einmal gekommen war.

Der Fluss machte eine Biegung, und sie kamen außer Sichtweite.

»Tut dir der Kopf wieder weh, oder sonnst du dich? Oder wieso muss ich eigentlich schon die ganze Zeit allein paddeln?«, riss Pietsch Penelop aus ihren Gedanken.

»Bin schon wieder dabei.« Penelop rappelte sich hoch. »Komm, jetzt hängen wir Tom und Gina noch einmal richtig ab.« Und das taten sie dann auch.

## 7
## Oma im Dunst

Später, als Penelop fröhlich-müde zum Drachenhaus zurückkehrte, stand die Sonne schon sehr tief. Auch wenn die Küchenuhr behauptete, es sei erst Viertel nach eins. Sie hatte aufgehört zu ticken. Die Batterie war leer.

Das konnte Penelop aber noch gar nicht sehen oder hören, denn sie brachte gerade das Fahrrad in den Schuppen. Was roch hier eigentlich so komisch? Verschmortes Plastik oder Rauch? Penelop stürmte wieder aus dem Schuppen hinaus und riss die Tür zum Drachenhaus auf.

»Oma, hallo!«, rief sie ein wenig erschrocken, denn die Küche war verqualmt, und mittendrin stand eine füllige Frauengestalt. Den Kopf seelenruhig in einen Katalog für alte Münzen versenkt.

»Oh, grüß dich, Penelop, du bist ja schon da«, Oma Erlinda sah verdutzt auf. »Wie schön, dich zu sehen. Ich mache uns gerade eine Tiefkühlpizza warm! Was ist das hier eigentlich für ein Rauch?«

»Hast du die Folie mitgebacken?« Penelop rannte zum Herd, öffnete ihn, und eine dicke gräuliche Wolke stob zur Decke.

»Heutzutage sind da doch gar keine Folien mehr dran«, murmelte Oma Erlinda zerstreut, zog zwei Topfhandschuhe über und holte etwas unkenntlich Schwarzes aus der Backröhre. Interessiert begutachtete sie es. »Hm, na ja. Gut durch ist das Ding auf jeden Fall.«

»Wir könnten uns doch eine Pizza bestellen«, beeilte sich Penelop vorzuschlagen und riss die Fenster auf. Nicht dass Oma noch auf die Idee kam, das verkohlte Gebilde essen zu wollen. Bei ihr konnte man nie wissen.

»Eine Pizza bestellen? Ich bestelle eigentlich nur Münzen«, brummte die Oma. »Aber gut, auch eine alte Frau kann offen sein für Veränderungen.«

Kurzerhand zückte sie ihr Handy und orderte bei Toms Eltern, die eine kleine Kneipe oben im Dorf führten, zweimal Salat und zweimal Pizza mit extra viel Käse. Aber bitte ohne Folie!

Nach dem Essen spielten Oma und Enkelin noch eine ganze Weile Karten. Sie hatten es lustig miteinander. Sie waren sich in letzter Zeit nähergekommen, obwohl sie nun viel weiter auseinander wohnten.

Irgendwann war Penelop müde, wollte aber noch wach

bleiben, bis die Eltern wieder vom Kino zurückkamen. Wo war diese Frau in dem alten Kleid heute auf einmal hergekommen? Und was hatte sie da in die Luft gerufen? Das musste sie ihrem Vater erzählen.

»Mir scheint, du bist nicht mehr ganz bei der Sache«, brummte Oma Erlinda und legte drei Asse und einen Joker auf den Tisch.

»Ich bin nur ein bisschen k. o.«, gähnte Penelop.

»Dann solltest du ins Bett gehen«, schlug Oma Erlinda vor. »Schlafen hilft meist bei Müdigkeit. Ein altes Zaubermittel. Und morgen ist schließlich auch noch ein Tag.«

Das stimmte wohl. Vielleicht sollte Penelop ihrem Vater doch erst morgen von der Flussbegegnung berichten, ihr klappten ja schon die Augenlider runter.

Also verabschiedete sie sich von Oma, ließ das Zähneputzen ausfallen und das Haarkämmen auch und kuschelte sich zu Cucuu ins Bett.

Ach, wie war es doch behaglich, nach so einem prallgefüllten Tag nichts mehr machen zu müssen. Augen zu und auf die Seite gedreht.

Fast war Penelop schon eingeschlummert, als jemand an ihre Tür klopfte. Sehr leise, dafür unaufhörlich. *Tipp, tipp, tipp, tipp,* und das war nicht die Oma.

»Verschwinde!«, stöhnte Penelop ins Kissen, denn sie wusste, wer da klopfte, und sie wusste eigentlich auch, dass das Verschwinde-Stöhnen nichts brachte. Am Morgen hatte Gina sie aus dem Bett getrommelt, und jetzt schwirrte dieses Nervding gegen das Holz!

*Tipp, tipp, tipp.*

Es half nichts. Penelop musste wohl oder übel noch mal raus aus dem Bett. Denn einen Umlenkungszauber brachte sie noch nicht zustande. Unwirsch riss sie ihre Zimmertür auf. In der Luft vor ihr, genau auf Augenhöhe, tänzelte ihre Zahnbürste herum. Rot und dick mit weißer Paste bestrichen. Das dumme Ding hielt sich wohl für ein kleines Boot, das große Wellen bezwingen musste. Es überflog Penelops Kopf, blieb in der Zimmermitte vibrierend stehen und wartete darauf, benützt zu werden.

»Wenn mein Kind nicht zur Bürste kommt, kommt die Bürste eben zum Kind«, hatte Herr Gowinder letztes Jahr kurzerhand beschlossen, als er feststellte, dass seine Tochter es mit der Mundhygiene nicht sonderlich genau nahm.

Penelop fischte die Zahnbürste also aus der Luft, schlappte nochmals ins Bad und sank wenig später zum zweiten Mal in ihr Bett. Cucuu robbte zu ihren Füßen, und der Schlaf kam auf samtenen Sohlen angeflitzt. Nicht die beharrlichste Zahnbürste der Welt hätte Penelop jetzt noch aus den Träumen reißen können.

Eigentlich waren es keine richtigen Träume in dieser Nacht. Eher eine Folge von Bildern und Empfindungen. Nasse Erde. Trockene Erde. Geröllschichten. Dumpfe Wärme. Ein Wurzelgeflecht. Dann Rennen durch eine Dunkelheit, die so fest war wie eine Wand. Das Material, durch das die Traum-Penelop hier hindurchmusste, war absolut undurchdringlich, doch empfand sie überhaupt keinen Widerstand. Sie bewegte sich durch die dichte Masse wie ein Hauch, ein Geist, wie jemand, der keinen Körper mehr hat. Und sie war unglaublich schnell.

Für einen Moment erwachte Penelop. Es war mondhell im Zimmer. Die Eltern schienen noch nicht wieder da zu sein, denn sie konnte ihren Vater nicht spüren. Das leise Zucken, welches Menschen ihrer Art über den Nacken huscht, und der Schauer, der ihnen am Rückgrat entlangrieselt, das geschah ja zu Beginn, also immer, sobald jemand Artgleiches sich näherte. War das verklungen, spürten sie einfach die Anwesenheit des anderen Menschen in ihrem Inneren schwingen. Von innerem Schwingen vernahm Penelop im Moment rein gar nichts.

Sie lauschte. Ein Frühlingswind pfiff ums Haus und mischte sich mit Oma Erlindas engagiertem Schnarchen aus dem Wohnzimmer. Penelop gähnte, dann fielen ihr die Augen wieder zu, und sie schlief tief und fest und nun ganz ohne Traum.

## 8
## Grau am Morgen

Am folgenden Morgen dachte der Frühling, er sei der Sommer. Es war mit einem Mal warm geworden. Da kann ich ja vielleicht sogar mit Papa fliegen gehen, dachte Penelop, und schnurstracks war sie aus dem Bett und zog sich an.

Erst dann bemerkte sie, dass etwas nicht stimmte. Sie konnte die Anwesenheit ihres Vaters immer noch nicht spüren. So lange blieb doch kein Mensch im Kino. Und beim Bäcker konnte er auch nicht sein, der war sonntags zu.

Mit einem Satz war Penelop auf dem Gang, um ins elterliche Schlafzimmer zu stürmen. Hier maunzte Cucuu jemanden an, der sich im Badezimmer aufhielt. Schon war Penelop neben der Katze. Nanu? Der Vater war ja doch zu

Hause. Er hielt den Kopf unter den Wasserhahn. Das Haar voll bleigrauer Schmiere. Beißender Geruch überall.

»Papa, was tust du?«, rief Penelop entsetzt. »Warum reibst du dir freiwillig die Aschenpaste drauf?!«

»Ich hatte gestern einen schlimmen Abend«, antwortete Herr Gowinder und spülte sich jeden auch noch so kleinen Rest der Paste aus den Haaren. »Schlimm und wirr.«

»Warum?«, fragte Penelop.

Der Vater hob seinen weißgrauen Kopf. Er nahm sich ein Handtuch und versuchte zu lächeln.

»Ich weiß auch nicht. Ich habe dir ja erzählt, dass mich die Erinnerungen an damals, an Alpha Regius, immer mehr einholen. Gestern Abend im Kino, da konnte ich mich überhaupt nicht mehr auf den Film konzentrieren. Ich habe Alpha Regius' Stimme in mir rufen gehört, ich solle nicht weglaufen. Nur ich könne ihn noch retten und alles andere auch. Vor allem jetzt, wo ich anscheinend auch die Erde gefunden hätte. Was immer das heißen soll. Und als Mama und ich später auf einen Wein in eine Kneipe wollten, war ich nur noch niedergeschlagen. Ich konnte kaum mehr mit Mama sprechen. So möchte ich nicht sein, Penelop. Für mich nicht und auch nicht für euch. Deswegen habe ich beschlossen, wieder eine Zeitlang die Paste zu benutzen. Denn als ich sie damals verwendete, da habe ich ja auch nicht mehr an die ganze Sache denken müssen.«

Das letzte Mal hast du gesagt, das Nicht-mehr-dran-Denken wäre von deinem Verliebtsein gekommen, dachte Penelop und schielte angewidert zum Spülkasten, auf dem das große Glas mit der Aschenpaste thronte. Das ölige Zeug hatte alles schöne Rot vom Kopf des Vaters gefressen. »Ich wollte heute eigentlich mit dir fliegen gehen«, sagte Penelop leise.

»Gemeinsames Fliegen muss noch ein bisschen warten«, bedauerte der Vater. »Ich könnte mir natürlich Kraft aus Cucuu holen, aber ich will sie nicht belasten, nur damit wir zwei Spaß haben können.«

Leopold hatte nämlich, bevor er sich die Kraft aus den Haaren sog, einen Teil seiner Kraft auf Cucuu übertragen. Bei Bedarf konnte er sich an der Katze aufladen. Er nannte sie deshalb liebevoll »meine Akkukatze«, auch wenn Cucuu das nicht mochte.

»Aber keine Bange, Penni, bis zu deinem Camp ist die Wirkung der Paste wieder raus.«

Penelop runzelte die Stirn. Wieso Bange?

»Das Camp ist ganz schön weit weg von hier. Falls dort irgendwas mit dir ist, muss ich natürlich in Windeseile da sein. Das geht nur mit Fliegen. Und für diese lange Strecke brauche ich die komplette Kraft meiner Haare. Die Kraft aus Cucuu reicht dazu nicht aus.«

»Was soll denn bitte mit mir sein?«, wollte Penelop wissen.

Der Vater nahm das Glas vom Spülkasten und wickelte es in einen Nesselstoff. »Na, du könntest dir zum Beispiel den Fuß verstauchen. Oder eine Erkältung einfangen. Oder das Essen schmeckt grässlich. Du könntest an Heimweh leiden oder an Liebeskummer oder …«

»Papa! Bitte!«, unterbrach ihn Penelop.

»Ich meine doch nur«, murmelte er. »Als Vater muss ich doch für alle Fälle gewappnet sein.« Er wirkte plötzlich unbeholfen, wie ein Junge, der zu schnell gewachsen ist.

»Und ich meine«, teilte ihm Penelop liebevoll, aber bestimmt mit: »Du musst das absolut nicht. Wenn ich auf Klassenfahrt war, hat mich Mama bisher wegen ein bisschen Heimweh oder einem Schnupfen auch nicht gleich abgeholt.«

»Nein?«, fragte der Vater und lächelte schief. »Rabenmutter!« Er war es noch nicht ganz gewöhnt, eine so große Tochter zu haben. Die Jahre von Penelops Aufwachsen fehlten ihm ja.

Wie er da so stand und sie ansah, war Penelop sich nicht mehr ganz sicher, ob es eine geeignete Idee war, heute Morgen die Begegnung mit der komischen Frau am Fluss zu erwähnen. Irgendwie passte das jetzt nicht. Sie lächelte also und meinte:

»Wir kriegen das schon alles hin, Papa.«

Er lächelte zurück, und sie zwinkerten sich zu. Dann liefen sie hinunter, um Pfannkuchen zum Frühstück zu machen, denn dieser Duft würde die Mutter in Windeseile aufwecken, und ihr gemeinsamer Sonntag konnte beginnen.

## 9
## Die Dritte Hand

Nach dem Pfannkuchenfrühstück ging es in den Garten. Penelop und die Eltern wollten das schöne Wetter ausnutzen, um zu pflanzen.

Herr Gowinder stieß nahe des Wildrosenbusches einen Spaten in die Erde. Die Mutter gesellte sich zu ihm, ein Apfelbäumchen haltend, und Penelop furchte mit ihrer Hacke im Kräuterbeet herum. In ihrem Geist aber war sie nicht so sehr beim Beet, sondern beim Halbmondcamp. Sie freute sich. Sie war wohlig kribblig aufgeregt. Sie dachte an die Kinder oder eher Jugendlichen dort, und ob sie wohl Spaß miteinander haben würden. Sie dachte an die Lehrer und Lehrerinnen, die sie bald wunderbare Sachen lehren würden. Dann glitten ihre Gedanken zu dem früheren Lehrer ihres Vaters. Wenn sie doch auch solch einen bekommen könnte.

»Papa, konnte Alpha Regius eigentlich auch so gut fliegen wie du?«, wollte sie wissen und streute Ringelblumensamen in ihre Furche.

Der Vater wischte sich Schweiß von der Stirn und schmunzelte. »Nein, fliegen konnte Alpha Regius rein gar nicht. Er war mehr als erdverbunden.«

Frau Gowinder hielt den Apfelbaum in das ausgehobene Erdloch hinein, um die Tiefe zu testen.

»Und sonst war er aber in allem besser als du?«, forschte Penelop nach. Ihr Vater vermochte so Unglaubliches, sie konnte sich kaum vorstellen, dass einer noch mehr konnte.

»Absolut«, antwortete der Vater mit einem Mal ganz leise. Er war wieder etwas traurig geworden. »Alpha Regius hätte diesen Baum hier im Herbst gepflanzt. Nicht so wie ich erst im Frühling.«

»Bäumepflanzen hat doch gar nichts mit dem, was wir so können, zu tun«, meinte Penelop.

»Ja, aber es hat mit Erde zu tun«, flüsterte der Vater abwesend. »Mit Erde, die war ihm wichtig. Und jetzt liegt er für immer drin, nur weil ich nicht schnell genug reagiert habe.« Er biss sich fest auf die Lippe, so dass sie weiß wurde, und starrte in die Ferne.

»Die Erde war ihm wichtig? Was soll das heißen?« Penelop stand auf, wischte sich die Hände an der Hose ab, und weil der Vater nicht antwortete, lief sie zur Regentonne, um die Gießkanne zu füllen.

»Unser Apfelbäumchen, lieber Leopold, wird trotzdem was, glaub mir«, beteuerte die Mutter. Der Vater betrachtete das Loch, das er ausgehoben hatte, als könne er sich überhaupt nicht entsinnen, wozu er das getan hatte. Frau Gowinder nahm ihm behutsam den Spaten ab, setzte den Baum ein und schaufelte Erde um die Wurzeln. Sie fuhr fort: »Leopold, du hast deinen Lehrer damals nicht gerettet, ja. Aber du kannst dich selbst retten, indem du aufhörst, dich für damals zu schämen! Das führt zu nichts!«

Herr Gowinder hörte sie nicht. Er war weggetaucht ins Nirgendwo. Er hörte nur seinen Lehrer rufen, dass er ihn retten solle, eh es zu spät sei. Ihn und alle anderen auch.

Penelop tauchte die Gießkanne ins modrige Regenwasser, da wanderte ihr die Frau vom Flussufer wieder in den Sinn. Von der würde sie ihrem Vater jetzt erzählen. Das würde ihn bestimmt wieder aus seinem Schleierzustand herausholen.

Sie schleppte die Kanne zum Beet zurück. Cucuu ruhte inzwischen auf den frischgesäten Ringelblumensamen, als sei das der einzige Ort auf der Welt, um ein Sonnenbad zu nehmen. Als Penelop erbarmungslos die gluckernde Kanne über der Katze schwenkte, floh Cucuu unter den Holunderbusch, und die Mutter verschwand mit einem »Ich mach noch mal einen Kaffee« in Richtung Haus.

»Papa!«, setzte Penelop an. »Du warst doch vorhin besorgt um mich. Und da habe ich dir eine Sache nicht erzählt.«

»Besorgt?« Der Vater zog die Augenbrauen hoch und

schien langsam wieder zurückzukehren. »Besorgt, ja richtig! Besorgt, wie gut, dass du das noch mal erwähnst. Ich wollte dir ja *Die Dritte Hand* beibringen!« Er war mit einem Mal wieder voll sprudelnder Lebendigkeit.

»Sie ist übrigens der einzige Erdzauber, den Alpha Regius mich lehren konnte. Für den Rest war ich leider nicht begabt genug. Aber *Die Dritte Hand*, die kann ich immer noch im Schlaf und sogar mit meinen grauen Haaren, so sehr habe ich sie verinnerlicht.«

Sofort war Penelops Bericht von der Frau am Fluss weggedrängt. In ihr stellte sich alles auf Empfang. Herz und Augen weit offen.

»*Die Dritte Hand* ist ein Negativzauber. Das ist es eigentlich fast immer, wenn Erde im Spiel ist«, meinte der Vater eifrig.

»Ein Negativzauber? Ich versteh überhaupt nichts«, maulte Penelop. Doch sie fühlte sich nicht maulig, sie war beruhigt und froh, dass der Vater jetzt wieder in Schwung war.

»Wart's ab.« Herr Gowinder ließ sich auf die Knie nieder und begann abermals in der Erde zu graben. Diesmal mit den bloßen Händen. Bald war eine kleine Kuhle entstanden. Penelop sank neben ihm ins Gras.

»Dein Halbmondcamp ist in den Bergen. Dort gibt es keinen Empfang. Doch sicherlich ein wenig Erde. Ich weiß, du hältst mich für überbesorgt, aber ich wäre wirklich froh, wenn du dich bei mir rühren könntest. Nur falls was ist, natürlich.«

Jetzt begann er die Erde in der Kuhle mit der flachen Hand festzuklopfen. Kräftig und klar und tief versunken, als müsse er einen geheimen Rhythmus befolgen, den er nur zustande brachte, wenn er die Welt um sich herum ausblendete.

»Ich habe dir Kaffee gemacht.« Die Mutter war zurückgekehrt und stellte ein kleines Holztablett mit Leopolds Lieblingstasse neben ihnen ab.

»Danke.« Herr Gowinder lächelte seine Frau flüchtig an, ohne sein konzentriertes Klopfen zu unterbrechen. Im Drachenhaus klingelte das Telefon, und die Mutter eilte wieder nach drinnen.

»Okay, das dürfte genügen.« Der Vater rieb die Hände aneinander ab, begutachtete die Kuhle zufrieden und nickte. Dann griff er nach der Espressotasse und verschluckte sich fast.

»Brrr, was bitte ist das?!!! Will sie mich vergiften? Zucker ist für meine geliebte Frau einfach ein Fremdwort.« Er schüttelte sich und stellte die Tasse zurück aufs Tablett. »Na ja, dann können wir *Die Dritte Hand* gleich sinnvoll einsetzen. Also Penelop, pass auf! Falls du diesen Bann benutzen wirst, dann hältst du deine Hand – so wie ich jetzt – flach über die Kuhle und konzentrierst dich auf unseren Küchentisch.«

»Auf unseren Küchentisch?« Penelop begann zu kichern. »Wieso denn auf unseren Küchentisch?«

»Du kannst auch was anderes nehmen.« Unter Leopolds ausgebreiteter Hand zischte plötzlich etwas. Winzige weiße Flämmchen züngelten auf dem Boden des Erdlochs. »Nimm deinen Sessel, dein Bett, ganz gleich. Wichtig ist nur, dass du dir deinen Zielort ganz genau vorstellen kannst. Die Kerben im Tisch, die Maserung des Holzes, all das ist notwendig, damit *Die Dritte Hand* funktioniert.«

Penelop starrte in die Kuhle. Es zischte erneut, die Flammenzungen rollten sich ein und verglommen. Dafür füllte sich die Kuhle nun mit schlammbraunem Qualm. Er gelangte nicht über den Rand hinaus und war so dick, dass er flüssig wirkte. Herr Gowinder wartete, andächtig seine Hand haltend, bis auch der Qualm sich in nichts auflöste. Jetzt war die Kuhle wieder leer.

»So, und nun sieh genau her!«, rief der Vater, obwohl Penelop das ja die ganze Zeit tat. Sie traute sich nicht einmal zu blinzeln.

»Ich habe uns soeben eine Negativität kreiert. In diesem Loch ist nun nichts mehr. Keine Luft, kein Staub, gar nichts mehr. Und auch meine Hand wird zu nichts, wenn ich sie gleich hineintauchen werde.«

»Bist du verrückt?« Penelop wollte ihren Vater daran hindern. Seine Hand sollte auf keinen Fall zu nichts werden. Doch er beförderte sie bereits in die Kuhle, und die Hand verabschiedete sich. Als hätte er sie in dunkles Wasser getaucht. Nur dass kein Wasser drin war. Am Ende von Leopolds Arm war einfach nichts. Keine Wunde, kein Stumpf oder so, bloß die Abwesenheit seiner Hand.

Penelops Mund stand offen. Sie brachte keinen Laut hervor.

»Gedanklich bin ich jetzt immer noch auf unserem Küchentisch«, erklärte Herr Gowinder. »Ich hoffe, Mama hat die Zuckerdose dort stehen gelassen. Ah, ja, da ist sie ja. Jetzt ziehe ich die Dose zu mir heran. Da spüre ich auch schon den Löffel …« Minimale Muskelbewegungen liefen durch Leopolds Unterarm. Plötzlich zog er den Arm wieder heraus.

Penelop gewahrte seine wieder aufgetauchte Hand. Ein kleiner Hügel Zuckerkristalle funkelte darin.

Der Vater tat, als wäre das die ganz normale Art, sich Zucker zu beschaffen, ließ ihn in seine Tasse rieseln, schwenkte sie sacht und schlürfte dann genüsslich los.

»Das ist …«, stotterte Penelop. »Es ist …«

»Es ist nicht ganz einfach«, lächelte Leopold. »Aber ich werde dir die angeklopfte Erde hier abkratzen und in eine kleine Tüte füllen. Wenn du dann im Camp eine eigene Kuhle gräbst und diese Erde hineinleerst, müsstest du diesen Bann eigentlich auch hinbekommen. Und dann …«

Weiter kam er nicht.

»Kannst du es mir gleich noch einmal zeigen?« Penelop sprang auf, hüpfte, hopste schlug ein Rad und fetzte zum Haus. »Aber jetzt will ich in der Küche sein. Ich will sehen, wie du den Zucker schnappst.«

»Meinetwegen«, lachte Leopold. »Aber erschrick nicht. Der Anblick einer Allein-Hand ist etwas gewöhnungsbedürftig.« Doch Penelop saß bereits mit brennenden Augen am Holztisch. Sie hörte ihre Mutter oben mit Oma telefonieren, und da kam die Hand aus dem Nichts.

»Aaaaahh!« Penelops Rückwärtssatz schepperte den Stuhl auf die Dielen.

Dort! Da! Vor ihr auf der Tischplatte war ein wunderliches Tier mit fünf Beinen! Es tastete blind umher und gierte nach Beute. Ohne Leopold als Träger sah die geliebte Vaterhand einfach nur gruselig aus.

»Penni, was ist los?«, rief die Mutter von oben.

»Nichts, alles okay«, gab Penelop zurück. Sie hatte sich wieder gefasst.

Das Fingertier verschwand. Aber nur um erneut geboren zu werden und um etwas auf dem Tisch zu hinterlassen. Eine Feder! Braun und knochenfarben.

»Komm wieder raus!«, kam es vom Vater aus dem Garten. »Und bring die Feder mit.«

Penelop klaubte sie vom Tisch und rannte atemlos zu ihrem Vater zurück.

»Papa! Papa! Wow!«

»Das ist also *Die Dritte Hand*. Ein Erdzauber. Das heißt, man kann damit nur etwas Organisches schicken«, erläuterte der Vater. »Also das Blatt eines Baumes, eine Blume, Äpfel, Federn.«

»Papa, die Hand sieht echt unheimlich aus. Aber der Zauber ist einfach phantastisch«, gluckste Penelop, zappelte von einem Bein aufs andere und schüttelte ihre lodernden Haare. »Ich werde dir vom Camp bestimmt jeden Tag eine Feder schicken. Einfach weil es so cool ist.«

»Untersteh dich!«, lachte der Vater. »Du schickst mir die Feder nur, wenn du mich brauchst!«

Penelop hielt inne. Sie drehte den harten Federkiel zwischen Daumen und Zeigefinger. Mit einem Mal lief ein düsterer Schatten über ihr Gesicht. Ihr wurde eng in der Brust.

»Fellseifer und Platell, die haben Mama und mir doch damals auch solche Federn geschickt. In ihrem letzten Brief!«

»Ja, weil es die Feder eines Falken ist«, beschwichtigte sie der Vater. »Fellseifer und Platell kannten meinen Spitznamen: Wanderfalke.«

»Wanderfalke?«, wiederholte Penelop. Sie wusste, dass diese Vögel im Sturzflug über dreihundert Stundenkilometer schnell werden konnten. »Wegen des Fliegens?«

Leopold grinste. »Das will ich hoffen. Wenn es wegen des Jagens wäre, dann na ja …«

»Und wie heiße ich?«, war Penelop begierig zu erfahren. »Ich kann ja auch fliegen.«

Der Vater wiegte liebevoll den Kopf.

»Das wird sich mit der Zeit zeigen, mein Feuerkind. Im Camp wirst du bestimmt mehr über dich erfahren. So ein Name kommt von den Fähigkeiten, die in einem wohnen. Und in dir schlummern viele davon. Wer weiß, welche dann deine ureigene wird.«

Penelop sah ihren Vater an, sah den neu gepflanzten Apfelbaum und die frisch aufgeschaufelte Erde. Sie hörte das *Sipp, Sipp* der Vögel aus der Rotbuche, sie roch den verbliebenen Kaffee aus Leopolds Tasse. Und plötzlich war sie all das. War alles, was sie umgab und durchwogte. Bäume,

Gräser, Erde, Luft, Tiere, Menschen. Sie atmete aus. Die Straße hatte letztes Jahr einmal behauptet, sie sei alle Straßen. Jetzt verstand Penelop, was sie damit gemeint hatte. Es war nicht greifbar, nicht benennbar, es war einfach. So einfach. Sie nahm die warme Hand ihres Vaters.

Doch leider drang im nächsten Augenblick ein übler, stechender Gestank in ihre Nase und ruinierte den Moment.

Cucuu war herangeschnürt und hatte sich mitten in der Dritten-Hand-Kuhle erleichtert. War das jetzt die Rache für die Gießkannendusche vorhin?

»Also echt!«, schimpfte Penelop.

»Cucuu, was bitte soll das? Jetzt muss ich noch einmal eine Kuhle klopfen«, sagte Leopold leicht ungehalten. »Ich wollte Penelop doch die Erde mitgeben.«

Die Katze ignorierte ihn. Es war Zeit fürs Fellreinigungsritual.

Penelop blickte auf das sich putzende graue Knäuel.

»Papa, kannst du mit deinem Erdzauber eigentlich auch etwas Lebendiges verschicken. Katzen zum Beispiel?«

»Nein, dazu muss man viel mehr auf dem Kasten haben als *Die Dritte Hand*. Lebendiges zu verschicken, das ist hochkarätiger Erdzauber«, erklärte Leopold und begann eine neue Kuhle zu graben, um für seine Tochter neue beschworene Erde zu gewinnen.

10
# Die Korrektur

In der kommenden Woche geschah in Penelops Leben nichts Außergewöhnliches. Nur vielleicht, dass es wieder ziemlich kalt und windig wurde und dass sie und Gina beinahe täglich miteinander telefonierten. Sie mussten schließlich über das Halbmondcamp beratschlagen.

Die beiden hatten die Anmeldungen ausgefüllt, aber noch nicht abgeschickt. Das wollten sie morgen tun. Wenn endlich richtig klar war, ob Herr und Frau Gowinder vielleicht doch die Gebühren für das Komplettpaket aufbringen konnten und nicht nur für den Frühlingskurs.

Im Moment hing Penelop mal wieder am Telefon. Sie hatte es sich mit Cucuu in ihrem Zimmer gemütlich gemacht. Im rostbraunen Sessel. Füße auf dem Tisch.

»Wieso heißt das eigentlich Halbmondcamp und nicht Vollmondcamp, das wäre für unsereins doch viel passender, oder nicht?«, fragte Gina. »Gian will es mir einfach nicht verraten. Na ja, spätestens wenn wir dort sind, werden wir es erfahren. Ich halte es bald nicht mehr aus. Ich freue mich so! Vielleicht werden wir lernen, wie wir unserem Haar einen dauerhaften Fliederduft verleihen können und es sich jeden Morgen ganz von allein kämmt.« Gina jubilierte, und Penelop hielt sich das Telefon lachend vom Ohr weg.

»Ich freue mich auch so unglaublich. Und ich bin gespannt auf die vielen anderen artgleichen Mädchen und Jungen!«

»Glaubst du, die können schon mehr als wir?«, fragte Gina ein wenig besorgt.

»Keine Ahnung, und wenn schon, das ist doch auch egal. Toll ist doch einfach, dass wir dann alle zusammen lernen können«, versuchte Penelop die Freundin zu beruhigen.

»Ja, du hast gut reden. Du kannst ja sogar fliegen«, gab Gina zurück.

»Ja, schon. Aber sehr viel anderes kann ich nicht«, meinte Penelop bescheiden und dachte, dass sie ja nicht einmal wusste, was man alles können könnte, denn sie hatte ja kaum Ahnung von dieser Welt. Aber das würde ja – hurra, hurra! – schon sehr bald anders werden!

Gina quietschte: »Im Gegensatz zur normalen Schule freue ich mich auch unglaublich auf die Lehrer und Lehrerinnen.«

»Ich mich auch«, seufzte Penelop. »Ich habe eine richtige Sehnsucht nach so jemand. Wenn Papa mir etwas beibringen will, funktioniert es meistens nicht. Er sagt immer: Ach, das ist ganz einfach, du musst nur so machen und dann so und dann noch so, und so auf gar keinen Fall, und dann *schwupp* – hast du es!«

Gina kicherte, dann überlegte sie:

»Was ziehe ich da eigentlich an? Am ersten Tag vielleicht mein schwarzes Kleid und die Runenstiefel und …«

»Du kannst doch im Gebirge keine Absätze gebrauchen«, unterbrach sie Penelop.

»Na gut, ich werde mich nach Bergschuhen umsehen. Aber sie müssen schwarz sein. Mit Schwarz kann man nichts falsch machen, ich könnte Gian fragen, ob er mir noch keltische Zeichen draufmacht, was meinst du?«

»Ich meine, wir sollten uns bequem und ganz normal anziehen«, meinte Penelop und kraulte Cucuu zwischen den Ohren.

»Und die Haare? Was machen wir mit unseren Haaren? Sollen wir sie flechten, hochstecken, offen lassen oder …?«

»Offen. So wie immer«, beschloss Penelop.

»Okay.«

Sie wussten ja nicht, dass sie sich für dieses Camp weder ganz normal anziehen würden, noch dass sie ihre Haare nicht so wie immer tragen konnten. Denn die Neuausschreibung des Kurses traf erst am frühen Abend bei ihnen ein.

Frau Gowinder hatte heute ein Konzert. Herr Gowinder saß am Küchentisch und starrte in den zuckrigen Kaffeesatz seiner Espressotasse oder vielmehr auf das nebelweiße Stück Stoff daneben.

»Das gibt es nicht«, stieß er hervor. »Jetzt weiß ich, dass es doch gut ist, dass ich nichts mehr mit dieser Welt zu tun habe.«

Penelop knarzte die Treppe nach unten. So, wie der Vater dort saß, wusste sie sofort, dass etwas nicht stimmte. Hatte ihn trotz seiner Aschenhaare etwa wieder seine Alpha-Regius-Traurigkeit angefallen?

»Was ist denn?«, fragte sie.

Der Vater schob ihr das weiße Vlies hin, und Penelops Augen sprangen über die silbrigen Zeilen.

Nein, mit einer Alpha-Regius-Trauer hatte das hier absolut nichts zu tun.

Korrektur

stand auf dem Vlies.

Wir bedauern sehr, dir heute mitteilen zu müssen, dass aufgrund einer Änderung des Zaubereigesetzes die Teilnahme für Mädchen am Halbmondcamp nicht mehr möglich ist.
Das Verbot tritt ab sofort in Kraft.
Bereits gezahlte Gebühren werden zurückerstattet.

Penelop las das Ganze noch mal. Sie wollte etwas sagen, doch sie brachte nur einen verwirrten Laut heraus.

»Ich weiß nicht, was ich sagen soll«, flüsterte der Vater. »Es tut mir leid, Penelop. Ich …« Dann schwieg er, und die Küchenuhr schwieg ja sowieso, und Penelop las die Zeilen ein drittes Mal.

»Was? Aber Papa, das kann nicht sein. Wieso soll das Camp auf einmal nur für Jungen sein? Spinnen die?«

»Du hast recht. Ich kann mir auch nicht erklären, wie es dazu kommen konnte«, sagte der Vater bitter.

Penelop schüttelte den Kopf.

»Ich glaube das nicht.« Ihr Mund wurde trocken, als sei er voll Staub. Sie begann den Stoff zu zerknüllen. Ganz klein. Als könne so das Geschriebene zurückgeknüllt werden. Sie warf das Ding in den Ofen.

»Penelop, vielleicht können ja wir beide …«, begann der Vater.

»Das kann doch nicht stimmen!«, rief sie so laut, dass es durch die Astlöcher des Drachenhauses hinausdrang und sich in den Gesang des Windes mischte.

»Ich könnte mit dir und mit Gina doch …«, versuchte der Vater erneut.

Aber Penelop hörte ihn nicht. Sie musste jetzt erst mal an die frische Luft. Sie riss die Haustür auf und raste nach draußen. Ohne Schuhe, nur in Socken. Dann lief sie über die windgebeugte Wiese, und weil sie schon mal hier war, rannte sie weiter in den Sumpfwald hinein. Die Hände zu Fäusten geballt.

Es ist nicht wahr, dachte sie. Das ist völliger Quatsch. Ihre Füße flogen über den schmalen Pfad. Die durchnässten Socken schmatzten beim Aufkommen, als würden sie *nein, nein, nein* rufen. *Es kann nicht sein, es ist nicht wahr*.

Penelop stolperte, aber sie fiel nicht. Zu ihrem Nicht-glauben-Können gesellte sich mehr und mehr Wut. Denn was, wenn es doch stimmte? Was wusste sie denn schon von dieser seltsamen Welt? Nichts, nichts und wieder nichts! Sie rannte schneller. Ihre Lungen begannen zu schmerzen und ihr Gesicht zu glühen. Ein Zweig schlug darüber, sie spürte es nicht. Weiterrennen, weiter, los!

Die Wut nahm zu und trieb sie erbarmungslos durch den kompletten Wald, über die nächste Wiese, weiter, nicht stehen bleiben, schneller! Schon kam der Steinkreis in Sicht, der einsam am Ende der Wiese wartete. Penelop warf sich in seiner Mitte zu Boden. Und die rötlichen und grauen Felsbrocken wurden stumme Zeugen ihrer auf die Erde schlagenden Fäuste.

»Nur Jungen?!«, rief sie.

»Warum?«

»Warum?«

Noch ein Schlag und noch ein Schlag.

»Sie nehmen dieses Jahr zum ersten Mal seit Ewigkeiten nur Jungen? Warum? Jetzt, wo ich zum allerersten Mal dorthin könnte!«

Ein Kuckuck rief. Er rief trotz des Windes beharrlich sein Lied.

Einmal und noch einmal und wieder und wieder.

Penelop hörte auf, die Erde zu prügeln, setzte sich auf und brüllte:

»Halt den Schnabel, du blöder Vogel!!!«

Der Kuckuck ließ sich nicht beeindrucken. Penelops Wut verrauchte allmählich und machte ihrer Traurigkeit Platz. Ein Beben erfasste ihr Herz, ihre Schultern. Tränen rannen über die glühenden Wangen. Unaufhörlich. Sie wischte sie nicht fort, zog nur immer wieder die Nase hoch. Hilflos kam sie sich vor. Sie hatte sich so gefreut.

»Kuckuck, Kuckuck.«

Fast klang es so, als riefe dieser Vogel ihre Katze.

»Cucuu, Cucuu.«

Penelop erinnerte sich, wie oft Cucuu sie schon beruhigt und getröstet hatte. Wenn sie über das Fell der Katze streichen durfte, war Penelop, besonders wenn Wut in ihr tobte, immer ruhiger geworden. Sie hatte dann wieder klarer gesehen, und manchmal war sogar eine gute Idee in ihr aufgetaucht.

Aber die Katze war jetzt nicht hier. Penelop zog abermals die Nase hoch. Sie musste sich allein beruhigen. Oder fast allein. Schließlich war ja ein Vogel da. Sie stand auf.

Die Rufe des Kuckucks klangen jetzt irgendwie tröstlich. Vor allem weil es rings um sie bereits dämmrig wurde. Und sie war nicht gerade nah an ihrem Zuhause. Und sie musste wieder durch den Wald.

Geh los, Penelop. Geh heim. Und wenn du da bist, dann rufst du erst mal Gina an, und dann werden wir schon sehen.

# 11
# Neue Zuversicht

Unweit von ihr rauschte es. Durch die Luft zog ein pfeilschneller Schatten. *Wwwp*, mit einem dumpfen Geräusch landete Leopold Gowinder vor Penelop im Steinkreis. Er trug seinen Parka, Handschuhe, Schal, Mütze und einen Rucksack. Sein Gesicht war rot vor Kälte.

»Hier bist du also.« Er zitterte ein wenig vor Kälte und von der Kraftanstrengung. Er zog sein kariertes Stofftaschentuch, warme Kleidung, trockene Socken und Penelops Schuhe aus dem Rucksack.

»Zieh dich schnell an, dann nichts wie nach Hause.«

Penelop putzte sich dankbar mit seinem Taschentuch die Nase und streifte sich die Sachen über. Dann sahen sie sich an.

»Fertig?«, lächelte Leopold.

Penelop nickte matt. Beide schlossen die Augen. Sie atmeten in ihre Füße und spürten, wie sie zu kribbeln begannen. Als würde sich etwas in den Füßen öffnen, als wüchsen hauchzarte Wurzeln aus ihnen, um sich mit der Erde des Steinkreises zu verflechten. *Sssskkk* zuckte eine knisternde Kraft durch sie hindurch. Wie aus einem Mund riefen sie die Worte, die zu rufen waren: »Semus triokko.« Im nächsten Moment schossen sie in die Luft.

Letztes Jahr hatte Penelop zum Starten noch feuchte Haare gebraucht, doch der Vater hatte ihr gezeigt, wie es auch ohne ging.

Der Wind rauschte um Penelops und Leopolds Ohren.

»Gib mir deine Hand, nicht dass du weggeweht wirst«, rief der Vater ihr zu. Schon legten sie sich bäuchlings. Nah nebeneinander. Die große Hand die kleinere haltend, schlingerten sie durch das tiefe Blau des schwindenden Tags. Fliegen! So lange waren sie nicht geflogen. Trotz der Böen, die sie immer wieder aus der Bahn trieben, war es einfach wunderbar. Wunderbar und leicht. Obwohl die Luft eisig war, blubberte ein warmes Glücksgefühl durch Penelops Bauch. Fliegen! Wie sehr hatte sie es vermisst.

Das Drachenhaus war durch die Luft flugs erreicht, und als Leopold und Penelop vor ihm landeten, fühlte Penelop nicht nur warmes Bauchblubbern, sondern auch, wie sie wieder von Zuversicht erfasst wurde. Ihr Vater drückte noch einmal ihre Hand.

»Vorhin, Penni, dachte ich mir, zur Hölle mit unsrer

Welt. Wenn sie solch komische Regeln aufstellen, ist es das Beste, wenn weder ich noch du etwas mit unserer Art zu tun haben. Aber ich sehe ja, wie tief du dir wünschst, einmal dorthin zu können. Wir werden diese Mädchensache nicht einfach so hinnehmen. Das verspreche ich dir. Es ist wirklich dumm, dass ich mir die Aschenpaste verabreicht habe, aber ich brühe mir jetzt einen starken Kaffee, und dann überlege ich mir was!«

Penelop sah ihn dankbar an, da schepperte die Katzenklappe, und Cucuu begrüßte die Heimkehrer mit klagendem Maunzen. Wie konnte Herr Gowinder sich bitte schön an ihrer Kraft bedienen und dann Hals über Kopf das Haus verlassen, ohne ihr etwas in den Katzennapf zu schütten?!!!

»Du bekommst sofort Abendessen, meine Liebe«, versicherte ihr Penelop. »Und ich heißen Kräutertee mit Honig, und dann muss ich gleich mal in mein Zimmer und Gina fragen, wie es *ihr* eigentlich so geht. Die hat die verfluchten Zeilen sicherlich auch schon bekommen.«

Doch Penelop konnte Gina nicht fragen. Ihr großer Bruder ging nämlich ans Telefon.

»Gina liegt seit Ewigkeiten in ihrem Zimmer«, erläuterte Gian. »Hat die Tür abgeschlossen. Kommt nicht raus. Heult und heult.«

»Verständlich«, brachte Penelop hervor. Dann wusste sie nicht, was sie noch sagen sollte. Sie kannte Gian nicht so gut.

»Ja. Schöne Scheiße«, brummte er. »Ich hatte mich auch schon so gefreut.«

»Du kannst ja immerhin hinfahren«, murmelte Penelop, mehr zu sich selbst als zu ihm.

»Könnte ich natürlich. Will ich aber nicht. Oder würdest du etwa zu 'nem Kurs fahren wollen, der deine Schwester aussperrt? Ich meine, wenn du eine hättest. Nee, ich cancel die Sache.«

So hatte Penelop das noch gar nicht betrachtet. Das Mädchenverbot betraf ja gar nicht nur sie Mädchen. Nein, es betraf viele Leute ihrer Art. Gian fuhr fort.

»Aber diese Idioten werden sich schon noch umschauen. Schließlich verdienen sie mit den Kursen Geld. Und wenn sich keiner anmeldet, dann können sie mal sehen, wo sie bleiben.« Er lachte. Aber es war kein fröhliches Lachen.

»Glaubst du das denn?«, forschte Penelop nach. »Ich meine, dass sich keiner anmeldet? Was ist mit denen, die keine Schwestern haben? Vielleicht denken die gar nicht so doll über diese Nur-Jungen-Einschränkung nach, sondern freuen sich einfach unglaublich, dorthin zu fahren. Es hört sich doch so wunderbar an.«

»Da kannst du natürlich recht haben. Trotzdem wird es genug Familien wie uns geben, die so 'ne Maßnahme nicht unterstützen. Ich klopfe jetzt noch mal bei Gina, vielleicht kommt sie ja raus. Falls sie mich durch das Geflenne hindurch überhaupt mitbekommt.«

Penelop hörte, wie Gian auf Holz wummerte. Plötzlich hatte sie eine Idee. Die war einfach ohne Vorankündigung *wusch* in ihren Kopf hineingerauscht. Ehe Penelop wusste, ob es überhaupt eine gute war, platzte sie heraus.

»Gian, ich finde, du solltest zu dem Kurs fahren! Unbedingt! Wir alle. Du, ich, Gina, wir fahren alle da hin! Wir …«

»Ja, ja. Ich gebe dich jetzt weiter. Tschüss.« Im Telefon raschelte und knisterte es, und dann war Ginas unterdrücktes Schluchzen zu hören.

»Hallo, Gina, wenn nur Jungs zum Camp dürfen«, begann Penelop sofort, »dann *werden* wir beiden eben zu welchen. Es ist alles eine Sache der Tarnung. Ist die gut, können wir ganz einfach dort mitmachen.«

»Ich will gar nicht mehr zu dem blöden Camp«, weinte Gina. »Nicht wenn sie solche Einschränkungen machen.«

»Hör zu«, sagte Penelop forsch. »Natürlich wäre es schöner, zu etwas zu fahren, das offen für alle ist. Aber falls dieses Mädchenverbot nie wieder aufgehoben werden sollte, dann ist dieses Jahr unsere letzte Chance, zu einem Training zu kommen! Jetzt können wir uns noch ganz leicht als Jungs ausgeben. In ein paar Jahren bräuchten wir dazu nämlich so eine tiefe Stimme wie dein Bruder, und wir, na ja, eben rundherum müssten wir anders aussehen und dürften keine äh …«

»Hör auf, das ist widerlich«, schimpfte Gina heiser, aber immerhin weinte sie nicht mehr.

»Vielleicht wird es ja sogar lustig«, begann Penelop wieder. »Wir könnten …«

»Ich will mich aber nicht als Junge verkleiden!«, unterbrach Gina sie. »Das haben die Mädchen früher vielleicht gemacht, die in alten Geschichten! Aber für uns ist es bestimmt nicht der richtige Weg. Meine Eltern wollen sich wehren. Man muss doch so einen Wahnsinn stoppen, haben sie gesagt!«

»Das ist doch super, Gina! Unsere Eltern kämpfen gegen diesen Erlass. Und wir beide, wir arbeiten bei der Sache von innen. Wir werden mittendrin sein!«

Penelop wurde immer begeisterter von ihrem abenteuerlichen Plan. Vor ihrem inneren Auge sah sie bereits sie beide, *Gino* und *Perry*, mit verwegenem Blick, verschränkten Armen und in riesigen Turnschuhen. Sie hatten gerade breitbeinig vor einem vogelartig aussehenden Lehrer in dunklem Gewand Aufstellung bezogen.

»Bestens gelöst, Perry«, lobte dieser Lehrer soeben. »Vorbildlich, Gino. Und jetzt zeige ich euch, wie ihr das mit der Hellsicht hinkriegt. Kommt mit!«

»Na schön, ich schlafe mal drüber. Ich bin echt k. o. Vielleicht hast du recht. Lass uns morgen wieder telefonieren. Gute Nacht, Penelop.« Gina legte auf.

»Was? Ach so, ja, gute Nacht«, sagte Penelop zum stummen Telefon und legte es auf die Sessellehne. Sie starrte in die Dunkelheit vor ihrem Fenster und spürte, wie die Müdigkeit sie mehr und mehr ins Polster zu ziehen begann.

»Geh Zähneputzen, und dann ins Bett«, sagte Penelop zu sich selbst, als plötzlich taghell wie ein Blitz die nächste Idee in ihren Kopf flatterte.

## 12
## Die Studien des Alpha Regius

Vielleicht mussten Gina und sie sich gar nicht verkleiden! Vielleicht stand in Alpha Regius' Buch, wie man sich täuschend echt in einen Jungen umgestalten konnte. Das wäre ja noch viel besser!

Da der Vater Penelop allerdings strikt verboten hatte, ohne seine Aufsicht in das wunderbare Buch zu gucken – es stünden schließlich auch hochgefährliche Zauber drin –, musste Penelop jetzt mehr als leise sein. Knarzende Dielen konnte sie dafür nicht brauchen.

Kurzerhand schloss sie die Augen und verwurzelte sich zum zweiten Mal an diesem Abend mit dem Boden. Sie spürte das Kribbeln in den Füßen, wurde *schwuppdiwupp* durchlässig und schwebendleicht und musste sich gut konzentrieren, um nicht zu schnell in die Luft zu steigen. Und nur wenige Zentimeter. Sie hielt sich an der Türklinke fest, um den Nach-oben-Schub etwas zu regulieren. Lautlos glitt sie zum Zimmer hinaus und über den Gang, setzte Schritt für Schritt in die Luft. Unten klirrte der Vater mit dem Spülgeschirr. Gut. Penelop erreichte das Schlafzimmer und war äußerst froh, wieder auf den Dielen zu stehen, denn dieses senkrechte Ohne-Boden-Gehen war absolut anstrengend. Ihr Beine fühlten sich richtig puddingartig an.

Das Buch mit dem schimmernden Einband stand im Regal. Im Lichtschein, der durch den Gang hereinfiel, schlug sie es auf. Die Seiten waren leer und grau.

Penelop wusste, dass man in diesem Buch nur die Stellen lesen konnte, die man auch zustande bringen konnte. Und sie wusste auch, dass ihre momentane Erschöpfung dabei nicht gerade hilfreich war. Aber trotzdem! Vielleicht fand sie hier trotzdem etwas.

Mit schwitzigen Händen blätterte sie durch die weichen Pergamentseiten und ganz – halt! Dort war was! Eine grüngoldene Ranke aus Buchstaben.

Vom Schutzmondzauber
Das A und O
ist der eigene Stand,
nicht draußen, von drinnen
erschaffst du die Wand.
Wenn …

Schon verliefen die Schriftzeichen wieder zu einer nebeligen Brühe. Aber das war nicht weiter tragisch, denn diese Seite hatte ja offensichtlich nichts mit Gestaltenwandlung zu tun gehabt. Penelop wollte gerade weiterblättern, da rutschte ihr das Buch aus den Händen und fiel zu Boden. Als wehe ein warmer Wind durchs Zimmer, begannen sich die Seiten mit einem Mal leise knisternd eine nach der anderen umzuschlagen, bis sie jäh innehielten und Penelop deutliche goldene Wörter entgegenleuchteten.

Vom Erdwandeln

Unter dem Unter
Liegt oft mehr darunter.
Durchwirkt all dein Sein
Mit der Gefahr zu vergehen.

Du brauchst dich tief innen,
um ohne Hülle zu rinnen,
sonst strömst kaum empor mehr,
und wirst nie mehr wahr.

Doch wenn du möchtst werden
ein andrer …

»Bist du schon im Bett?!«, schallte die Stimme des Vaters herauf.

Penelop fuhr zusammen, hob das verbotene Buch auf,

stopfte es zurück ins Regal und stolperte auf den Gang. Hoffentlich hatte Papa nichts gehört. Auf keinen Fall wollte sie, dass er sauer wurde.

»Ich komme zum Gute-Nacht-Sagen zu dir runter«, rief sie hastig und beschloss, sich Alpha Regius' Weisheiten morgen noch einmal ganz in Ruhe anzusehen.

In der Küche räumte der Vater die letzten Teller auf das Wandbrett, kam auf sie zu und nahm sie in den Arm.

»Gute Nacht, Penni. Ich hoffe, du kannst schlafen nach diesem aufwühlenden Tag.« Er roch nach Spülmittel und Kaffee. »Ich werde morgen unterwegs sein und der Camp-organisation aufs Dach steigen! Und wenn ich am Abend wiederkomme, habe ich hoffentlich etwas erreicht.« Er klang zuversichtlich.

Penelop lehnte sich kurz an ihn und war dankbar, dass er da war und dass er war, wie er war.

Aber sich selbst war sie auch dankbar. Was auch immer ihr Vater für sie vollbringen konnte, wenn es schiefging, dann hatte sie schon Plan B in der Tasche. Auf die eine oder andere Weise würden sie und Gina nicht von ihrem ersten Camp ausgeschlossen werden. Darauf konnte man Gift nehmen.

»Gute Nacht, Papa«, sagte Penelop zärtlich. Er küsste sie auf die Stirn, und sie stieg die Treppe wieder nach oben.

## 13
## Hilfe von vielen Seiten

»Guten Morgen, mein Schatz«, begrüßte Frau Gowinder ihre Tochter am Frühstückstisch. »Papa ist schon los, hat Cucuu mitgenommen und sein Alpha-Regius-Buch. Er hat mir berichtet, was mit deinem Camp los ist. Das ist ja wirklich das Letzte! In welchem Land oder in welcher Zeit leben diese Leute, bitte?« Ruppig schnitt sie ein Brötchen in zwei Hälften. »Wobei ich sagen muss, dass es bei uns im Orchester manchmal auch nicht anders zugeht. Magst du ein Honigbrötchen? Entschuldige, wie geht es dir überhaupt?« Sie hielt inne und strich Penelop zärtlich über den Handrücken.

Penelop mochte ein Honigbrötchen, und ihr ging es gut. Richtig beschwingt war sie sogar. Ausgefüllt vom schönen

Traum kurz vor dem Aufwachen. In dem hatte nämlich ein ihr extrem ähnlich sehender Junge eine heldenhafte Hauptrolle gespielt.

»Mir geht's bestens«, antwortete sie und biss in das Brötchen. Nur dass Papa das Alpha-Regius-Buch mitgenommen hat, finde ich überhaupt nicht gut, dachte sie. Wie soll ich denn jetzt drin rumstöbern?

»Da bin ich froh, dass du dich nicht so runterziehen lässt. Ich wünschte, ich könnte auch etwas für dich tun«, fuhr ihre Mutter fort und strich sich eine Haarsträhne hinters Ohr.

Penelop sah ihrer Mutter in ihre lieben blauen Augen. Sie tat ja etwas für sie. Einfach dadurch, dass sie für sie da war.

»Mit Oma habe ich wegen der Sache übrigens auch schon telefoniert. Sie war süß, sie meinte, sie wird heute zwei ihrer wertvollsten Münzen versteigern, damit wir ein Bestechungsgeld bezahlen können.« Die Mutter seufzte. »Gehst du heute nach der Schule zu ihr? Ich bin den ganzen Tag bis spät beim Proben, und wer weiß, wann Papa zurückkommt.«

»Mach ich«, sagte Penelop und *kling, kling* sagte das Telefon.

Penelop ging dran.

»Hi!«, tönte die leicht kratzige Ginastimme daraus hervor. »Ich wollte dir schnell noch sagen: Wir sind dabei bei *Be a boy*! Also, ich meine: Ich bin dabei! Und Gian auch. Er findet deine Idee ebenfalls großartig! Wir bekommen aussortierte Klamotten von ihm, und er trainiert uns gleich am Wochenende in Jungskram. Vielleicht könnten uns Tom und Pietsch auch ein bisschen beraten, das kannst du sie ja nachher gleich mal fragen.«

In Penelops Augen blitzte es. »Du bist super, Gina! Und Gian auch. Mein Vater ist allerdings heute losgezogen, und er wollte …«

»Ich bin spät dran. Wir sprechen uns heute Abend. Tschüssi.«

Schon war Gina wieder weg, und auch Penelop musste ja bald los. Sie frühstückte zu Ende, umarmte ihre Mutter und machte sich auf den Weg.

In der Schule hätte Penelop heute gerne mehr Augen als nur zwei gehabt. Und mehr Sinne als nur fünf. Sie musste alles genaustens beobachten. Wie die Jungen aus ihrer Klasse in der Bank lümmelten, wie sie aufstanden, guckten, Pausenbrote schluckten und so weiter. Jede Feinheit wollte sie mitbekommen. Denn falls ihr Vater heute nichts ausrichten konnte und falls sie im Alpha-Regius-Buch nicht fündig wurde, dann konnte sie nicht früh genug anfangen, sich vorzubereiten. Um täuschend echt wie ein Junge auszusehen, wie ein Junge zu lachen, zu reden, zu rennen, zu fühlen, na ja, das mit dem Fühlen war vielleicht schwierig. Wie sollte sie denn wissen, wie das bei Jungen war? Ob es anders war?

»Peneloooop?! Wo bist du mit deinen Gedanken?«, mahnte Herr Pumpf nun bereits zum dritten Mal. Genauso gut hätte er das Whiteboard fragen können, das hätte ihm wahrscheinlich sogar noch eine bessere Auskunft gegeben.

Aber irgendwann war auch dieser Schultag zu Ende. Der Nachmittag begann, und nachdem Penelop bei Oma Erlinda vorbeigeschaut hatte, radelte sie umgehend zum schönsten Haus der ganzen Gegend. Schließlich hatte sie Pietsch gefragt, ob er ihr in einer wichtigen Angelegenheit helfen könnte.

»Guten Tag, der Herr! Findet hier zufälligerweise das Training *Be a boy*, Teil eins, statt?«, fragte Penelop den blauen Sweatshirtrücken, der in Pietschs geräumigem Zimmer über einen Scooter gebeugt war. Pietsch sah auf und grinste schief. Ihm klemmte eine Vorderrollenschraube zwischen den Zähnen: »Hi, kong rein«, nuschelte er. »Ich buin gleich fuertig. Unk was is denn jetzt bitte *Be a boy*?«

»Ich brauche dich einfach als Studienobjekt!«, erklärte Penelop. »Kannst du mir zeigen, wie du gehst, sitzt und Nase putzt und so?«

»Wenn's weiter nichts ist.«

»Na ja, ein paar alte Klamotten wären auch nicht schlecht«, gestand Penelop und setzte sich im Schneidersitz zu Pietsch auf den Boden. Er legte den Schraubenzieher beiseite. »Okay, erklär mir jetzt erst mal, was los ist.«

Und das tat Penelop dann, jedenfalls so halb. Welche Art Camp es war, ließ sie weg.

»Bist du sicher, dass du da hinwillst?«, bezweifelte Pietsch ihren Entschluss. »Also ich hätte null Komma keine Lust, mich als Mädchen zu verkleiden, wenn in einem Zeltlager die Jungs verboten worden sind.«

»Ja, ich weiß«, antwortete Penelop. »Das kann man aber so nicht vergleichen. Hilfst du mir jetzt oder nicht?«

Mit einem sportlichen Satz sprang Pietsch vor seinen Holzkleiderschrank und ließ die Türen aufschwingen.

»Such dir was aus, und dann üben wir, was immer du willst.«

Penelop trat neben ihn, überlegte nicht lang, griff nach einem dunkelblauen Pulli und einer ausgewaschenen schwarzen Jogginghose und zog beides an. Die Hose war zu lang, denn Pietsch war ein wenig größer als Penelop. Aber sie tat ihren Zweck. Penelop fühlte sich in ihr gleich jungenhafter. Sie begann durch Pietschs großes Zimmer zu schlendern.

»Kannst du mal vorgehen? Ich will dich kopieren.«

Sie schlappten gemeinsam hin und her.

»So gehst du doch sonst nicht!«, überlegte Penelop. »Du musst jetzt nicht extra cool und breit schlurfen, geh ganz normal.«

»Ich geh normal!«, behauptete Pietsch.

»Sonst gehst du anders.«

Spaßeshalber zankten sie sich ein bisschen, und dann übten sie weiter. Nicht nur gehen, sondern auch extra lümmeliges Sitzen, von dem Penelop ebenfalls noch nie gesehen hatte, dass Pietsch es praktizierte. Dann kam Nase hochziehen, was sie jedoch bald wieder abbrachen, denn sie mussten zu viel lachen. Nach ungefähr einer Stunde war Penelop bereits ein halber Perry.

»Für einen ganzen Perry bist du zu hübsch«, diagnostizierte Pietsch und sah plötzlich konzentriert seine Füße an.

Penelop ärgerte sich. Nicht über das, was Pietsch gerade gesagt hatte, sondern darüber, dass sie rot geworden war. Wurde man als Junge eigentlich rot? Na ja, wohl schon.

»Ich muss mir halt was für die Haare überlegen«, sagte sie schnell. »Welcher Junge hat bitte so eine Frisur?«

»Keiner aus unserer Klasse. Aber es gibt ja auch noch andere auf der Welt.« Pietsch begann suchend in seiner Kommode zu kramen. »Hier, nimm mal meine schwarze Mütze. Das Ding ist zwar nicht mehr sonderlich angesagt, aber damit könnte es vielleicht gehen.«

Penelop nahm die Mütze und stopfte all ihre Haare, so gut es ging, darunter. Dann beäugte sie sich im Spiegel. Pietsch nickte zufrieden, und sie schlugen ihre Hände aneinander.

Danach redeten sie noch eine Weile über Schule und Scooterchallenges und alles Mögliche andere, und es war schön, zusammen auf dem Boden zu sitzen und zu lachen. Die Fortsetzung von *Be a boy* beschlossen sie, nächste Woche stattfinden zu lassen, und dann machte Penelop sich auf den Weg nach Hause.

Es war noch hell. Sie fuhr durch das abendliche Dorf. Ein paar Mücken schwirrten über der Straße, und Penelops Gedanken schwirrten unter Pietschs Mütze zum Camp.

Sie kam sich nun schon recht gut vorbereitet, ja, ziemlich perryhaft vor. Ihr Plan musste einfach gelingen. Saß man als Junge eigentlich anders auf dem Fahrrad? Plötzlich begann der Teer unter ihren Reifen zu vibrieren.

»Bald habe ich mich nicht mehr im Griff«, dröhnte die Straßenstimme. »Dieser Erdwurm macht mich noch ganz wirr. Dabei träumte ich gerade so wunderschön von einer Sackgasse, die keine Sackgasse mehr sein musste, sondern sich mit einer frisch geteerten Querstraße verband, und gemeinsam wurden sie sogar zu einer Brücke. Ach, ich liebe Brücken!«

»Was sagst du da?«, fragte Penelop verwirrt und hielt den Lenker, der ordentlich zitterte, etwas fester.

»Brücken sind nicht nur Verbindungen über Hindernisse. Sie sind auch meine Möglichkeit, in die Luft zu kommen. Ich bin ja nicht du«, wummerte es.

»Ja, ich weiß, dass du nicht ich bist. Aber ich habe eigentlich nicht das mit der Brücke gemeint, sondern das andere.«

»Soso«, donnerte die Straße. »Dann hast du deine Frage wohl nicht klar genug geäußert. Insgesamt bist du nicht klar genug, mein Kind. Mach einen radikalen Schnitt! Denke nicht in langen Schlaufen und …«

»Ich hatte das mit dem Erdwurm gemeint!«, unterbrach Penelop die Straße so radikal und klar sie es vermochte, und die Straße machte vor Schreck einen leichten Buckel, so dass Penelop ziemlich zügig zu der Stelle rauschte, wo es sowieso den Hügel hinunterging. Die grasenden Kühe auf der Wiese sahen dem flitzenden Mädchen mit großen Kuhaugen hinterher. Als die Rotbuche kam, musste Penelop mit Vorder- und Hinterbremse bremsen und abspringen, um den Sandpfad noch zu erwischen.

»Entschuldigung, kleine Zuckung«, rumpelte die Straße. »Also, dieser Erdwurm, Erdgeist, wie auch immer, er ist radikal. Das muss ich ihm lassen. Auch wenn ich es überhaupt nicht leiden kann, wenn euresgleichen von unten auf mir unterwegs ist. Das kitzelt immer so.«

Penelop wendete ihr Rad und zog die Stirn kraus.

»Ich verstehe überhaupt nichts. Von wem redest du? Wieso unseresgleichen und von unten, das hast du neulich schon gesagt.«

»Ich bin Teer und Pflaster und keine Infoseite, vergiss das nicht!«

»Sagst du es mir trotzdem?«, versuchte Penelop, aber die Straße schwieg. Penelop wartete noch eine ganze Weile, bis die Vögel in der Rotbuche verstummten und es ringsum sehr still wurde. Da gab sie auf, brachte ihr Fahrrad in den Schuppen und schloss das Drachenhaus auf.

In der Küche war es ebenfalls ziemlich still. Weder der Vater war zu Hause noch Cucuu, und die gelbe Küchenuhr hatte immer noch keine neue Batterie erhalten und konnte deshalb ihr freundliches Ticken nicht mehr in die Luft streuen. Nur der Anrufbeantworter blinkte und wollte gerne etwas sagen.

## 14
## Der klare Schnitt

Penelop warf ihren Rucksack auf die Dielen und drückte die Abhörtaste. Durch leichtes Rauschen teilte ihr die Stimme ihres Vaters mit, dass er bisher noch nichts habe ausrichten können, dass er noch etwas anderes versuche, noch weit weg sei und nicht wisse, wann er heimkomme.

*Kling, kling* unterbrach das Telefon Leopolds Abschiedsworte. Penelop ging ran.

»Papa?«

»Nix Papa!«, rief Gina und kicherte. »Ich bin's. Wann bekommst du endlich ein Handy? Ich habe bestimmt schon zweihundertmal bei euch angerufen, aber du warst anscheinend den ganzen Tag unterwegs. Also pass auf: Meine Mutter ist heute der Camporganisation auf die Pelle gerückt. Die sind da auch alle in Aufruhr und empört über das neue Gesetz. Aber widersetzen können sie sich nicht.«

»Warum nicht?«, fragte Penelop.

»Sie sagen, Gesetz ist Gesetz, da kann man nichts tun.«

*Pfff*, machte Penelop und setzte sich an den Küchentisch.

»Meine Mutter hat gesagt, richtig viele Eltern müssten der Campleitung aufs Dach steigen. Es müsste einen gemeinsamen Protest geben, weil die Zukunft ihrer Töchter auf dem Spiel steht. Aber bisher kam da anscheinend noch nicht genug.«

»Und was bedeutet das nun?«, wollte Penelop wissen.

»Das bedeutet, dass meine Eltern erst mal unseren Wir-verkleiden-uns-als-Jungen-Plan unterstützen!!!«, triumphierte Gina. »Bei dem Camp bleibt, bis auf die fehlenden Mädchen, alles wie geplant. Dieselben Unterrichtsinhalte, dieselben Lehrer und Lehrerinnen. Ja, komischerweise sind die Lehrerinnen nicht verboten. Mädchen nein, Frauen ja. Echt komisch. Jedenfalls wird es keine verbohrten Typen dort geben, die einem fiese Ideen in den Kopf pflanzen.«

Darauf war Penelop ja noch gar nicht gekommen. In ihrer Vorstellung war das Camp immer wunderbar geblieben, mit oder ohne Verbot.

»Ich muss jetzt Schluss machen. Meine Mutter fährt mich jetzt gleich zum Friseur. Tschüs und bis morgen«, rief Gina, und weg war sie.

Penelop legte das Telefon auf den Tisch. Sie musste jetzt erst mal was essen. Sie stand auf, um sich was aus der Obstschale zu holen. Gina fährt also zum Friseur, dachte sie und biss in einen Apfel. Dann stieg sie zum Badezimmer empor.

Aus dem Spiegel über dem Waschbecken lugte ihr ein Mädchen mit Pietschs schwarzer Mütze entgegen.

»Hallo Perry!«, grüßte Penelop sich selbst und nahm die Kopfbedeckung ab. Das leuchtende Haar fiel wie ein weiches Tuch über ihren Rücken. Ohne den Blick von ihrem Spiegelbild abzuwenden, öffnete Penelop die oberste Schublade der Kommode unter dem Waschbecken und tastete nach Oma Erlindas alter Friseurschere.

Ihr Herz schlug ein wenig schneller. Unten schepperte die Katzenklappe. Penelop ergriff die Schere, schluckte und holte sie aus der Schublade. Dann sagte sie »Tschüs, Penelop« und machte einfach *schnipp*.

»So, verehrte Straße!« Penelop ließ die Schere weiter über ihren Kopf sausen. »Das ist jetzt wohl radikal genug!«

Bald war das Waschbecken voll mit dem geliebten Rot, und Penelop nahm eine Kühle im Nacken war. Es war unvertraut, und optisch glich sie jetzt durchaus einem gerupften Huhn.

»Penelop?« Ihr Vater stand im Türrahmen. Er hatte ja Aschenhaare, sie hatte ihn deshalb nicht vorher gespürt und gehört anscheinend auch nicht.

»Was tust du denn da?«

»Ich treffe Vorkehrungen«, antwortete Penelop so lässig sie es hinbekam.

»Wofür?«

»Ich möchte zum Camp. Du hast auf dem Anrufbeantworter gesagt, du konntest nichts ausrichten. Also muss ich jetzt eben ein Junge werden!«

Der Vater sah sie an, sah auf den Flammenflaum im Waschbecken. Er wirkte müde, und seine fahle Hautfarbe glich der seiner Haare.

»Ich habe nicht zu viel abgeschnitten, meine Kraft habe ich immer noch«, beteuerte Penelop. »Das ist das Gute an meinen Struwwellocken, sie sehen viel kürzer aus, als sie sind.«

Leopold wusste, wie sehr Penelop ihre Haare liebte und dass ein derart radikales Abschneiden für Leute ihrer Art einen starken Eingriff bedeutete. Er hätte ihr das gerne erspart, aber er hatte heute ja wirklich nichts, rein gar nichts gegen dieses absurde Mädchenverbot unternehmen können. Das machte ihm zu schaffen. Warum hatte er sich die Aschenhaare verpasst? Er war nicht in seiner Kraft. Sonst hätte er vielleicht …

»Gina meldet sich ebenfalls als Junge an, und ihre Eltern und Gian unterstützen uns«, riss ihn Penelop nun ein wenig flehend aus den Gedanken.

Da kam Cucuu ins Badezimmer, setzte sich neben das Klo und blickte die beiden schläfrig an. Ein Zittern lief über ihre Flanke. Sie würgte ein graues Fellknäul auf die Fliesen.

Herr Gowinder fuhr sich übers Gesicht, dann blickte er wieder auf Penelops Haare im Waschbecken, als überlege er, ob man die vielleicht wieder ankleben konnte.

Cucuu fauchte, und Penelop rief: »Bitte Papa, schau doch nicht so. Ich kann doch sonst nicht dorthin!«

Er straffte sich. Dann nahm er ihr die Schere aus der Hand. »Vielleicht hast du recht. Aber wie ein Truthahn, der dem Metzger gerade noch entronnen ist, kannst du dich bei einem Camp dieser Art nicht blicken lassen. Wir bringen jetzt mal etwas Form in deinen Schopf!«

Und als die Schere nun wieder *schnipp, schnipp* machte, diesmal ganz behutsam, begleitete sie Penelops erleichtertes Glucksen, und nach einer kleinen Weile auch ein Lachen des Vaters. Ein sehr leises zwar, doch es war da.

Penelops Mutter musste, als sie heimkam, dann aber nicht lachen. Auch nicht leise. Sie war entsetzt. Nicht weil sie kurze Haare nicht mochte, sondern vom ganzen Jungenplan an sich. Aber weil ihr Mann ihr versicherte, dass die Lehrer und Lehrerinnen alles vertrauensvolle Leute seien, die den Mädchenausschluss auch nicht gut fanden, und weil Penelop rief: »Wenn es nicht gut läuft, schicke ich Papa seine Falkenfeder mit der *Dritten Hand*, und er kommt geflogen und holt mich ab«, und weil am nächsten Tag auch noch Ginas Mutter anrief und von Mutter zu Mutter mit ihr sprach, beruhigte sie sich und willigte schließlich in das Vorhaben mit ein.

## 15
## Refillsticks auf der Zugfahrt

Die folgende Zeit wurde heiß und fieberhaft. Nicht nur Eis schmolz, ehe man es wegschlecken konnte, sondern auch Penelops und Ginas Zeit. Das Camp rückte plötzlich viel zu schnell näher.

Die beiden trafen sich immer wieder mit Tom und Pietsch. Sie übten Fußballtricks und Werfen und wurden für Penelops Geschmack nicht schnell genug besser. Sie bauten an einem Elektrokasten herum und schliefen fast ein vor Langeweile. Sie probierten ausrangierte graue, olivgrüne und schwarze Klamotten von Gian in allen Kombinationen und konnten sich nicht entscheiden. Gina hatte ihr Kreischen immer noch nicht in den Griff bekommen, und Penelop stolperte oft über ihre zu großen schwarzen Turnschuhe. »Und im Stehen pinkeln können wir auch nicht!«, schimpfte Gina.

Aber alles hat irgendwann ein Ende. Und dann kommt der Anfang von etwas anderem. Seit gestern hatte die Hitzewelle ein Ende und auch Ginas und Penelops »Training fürs Training«. Und heute kam der Anfang des anderen. Nämlich die Zugfahrt zum Camp. Endlich war es so weit.

Draußen war es noch dunkel. Penelop stand in Wagen fünf, trug Pietschs dunkelblaue Hose und versank in Toms schlabbrigem schwarzem Pulli. Die sich schließenden Türen trennten sie vom beleuchteten Bahnsteig, auf dem sich ihre Mutter hastig eine Träne fortwischte, winkte und bereits kleiner und kleiner wurde.

Penelop schluckte ein bisschen. Ihr Herz war voll Vorfreude, aber es tat weh, die Mutter zu verlassen.

»Es ist ja nur für zwei Wochen«, tröstete Gina.

»Und ich bin ja die Fahrt über noch dabei«, tröstete der Vater.

Sie schoben sich durch den Gang, der trotz der frühen Stunde schon ziemlich voll war. Maja Meißner, die Mutter von Gina, folgte ihnen, und Gian folgte wiederum seiner Mutter. Bei ihren Plätzen angekommen setzten sich Leopold und Maja zusammen, und Penelop fädelte sich hinter den kleinen Tisch neben Gina, die übrigens auch einen übergroßen schwarzen Pulli trug. Dazu eine graue Hose mit klobigen Taschen. Beide Mädchen hatten wesentlich kürzere Haare als Gian. Der konnte seine rotblonden Strähnen nämlich zu einem buschigen Pferdeschwanz binden, konnte sich ihnen gegenüber lümmeln und frech werden:

»Na, Gino und Perry? Kriegt ihr überhaupt noch was zustande, so abgemäht wie eure Köpfe jetzt sind?«

»Wer ausreichend Talent besitzt, braucht keine langen Haare«, gab Gina schnippisch zurück. Penelop sagte nichts dazu. Sie hatte gestern Abend schließlich noch ausprobiert, ob sie mit den kurzen Ringeln noch ohne weiteres in die Luft kam. Sie war aus Versehen sogar ein bisschen an die Zimmerdecke geknallt, so gut war es ihr gelungen.

»Alles klar«, lachte Gian, und dann quatschten alle drei munter weiter. Sie hatten wesentlich bessere Laune als die Schaffnerin, die ihre Fahrscheine kontrollierte.

Draußen wurde es hell, und Häuserreihen rasten vorüber, Schrebergärten und frisch ausgetriebene Getreidefelder. Bald kam schon der nächste Bahnhof. Leute quetschten sich hinaus und herein. Weiter ging's, es wurde Mittag und Nachmittag. Die Zeit verstrich immer langsamer. Gian kramte in seinem Rucksack, Gina spielte an ihrem Handy herum, Maja Meißner war in ihr Buch vertieft, Leopold schlief, und Penelop lehnte den Kopf gegen die Fensterscheibe. Windparks, Schallschutzmauer, Felder. Hügel, Felder mit Saatkrähen, die auf irgendetwas einhackten und plötzlich in alle Himmelsrichtungen davonstoben. Hoch oben war ein Raubvogel aufgetaucht. Für den Bruchteil einer Sekunde glaubte Penelop, ihr Nacken hätte gezuckt, doch das hatte sie sich wohl eingebildet, denn Gina hatte nicht einmal von ihrem Handy aufgesehen.

Schade, dachte Penelop. Ihr war langweilig. Sie wünschte sich, dass irgendetwas geschehen würde, als tatsächlich etwas geschah, da Gian sich die Nase putzte.

Tolle Wunscherfüllung, dachte Penelop.

»Wie kann man immer nur so viel Rotz in der Nase haben, dass einem gleich das Taschentuch überläuft?« Gina sah ihren Bruder angewidert an.

»Da kann ich doch nichts für«, verteidigte er sich, warf das Taschentuch in den Mülleimer und ließ ihn zuscheppern. »Ich sage zu dir ja auch nicht, wie kann man nur so wenig Hirn im Kopf haben.«

»Hört auf«, mahnte Frau Meißner.

»Wenn Gian so eklig ist, dann soll er …« – *Zuck! Zuck!* – Gina verstummte, und alle wandten die Köpfe.

Mit einem kaum hörbaren *Ssst* glitt die gläserne Waggontür zur Seite, und es drückte sich jemand herein. Ein etwa fünfzehnjähriger Junge mit dunkler Haut, langen schwarzen Dreadlocks, olivgrüner Jacke und ebensolchem Rucksack. Penelop suchte irritiert den Blick ihres Vaters. Doch der schlief immer noch.

Dieser Junge war von ihrer Art. Aber er hatte keine roten Haare! Sie hatte immer angenommen, dass nur …

»Hey!«, rief Gian freudig. »Warst du nicht auch vor zwei Jahren in diesem Valley? In dem Camp, wo wir die coolen Dinger gebaut haben?«

»Und ob«, nickte der andere, und seine weißen Zähne blitzten. »Klar, jetzt erinnere ich mich an dich. Du bist Giu.«

»Gian. Und du bist Juno.«

Der Junge nickte in die rothaarige Runde, gab Frau Meißner die Hand, und Penelop und Gina murmelten ein wenig schüchtern eine Begrüßung.

»Setz dich doch zu uns«, schlug Gian vor. »Das ist Gino, mein Bruder. Und sein Freund Perry«, wies er auf die Mädchen und war wohl froh, schon mal ausprobieren zu können, wie es sich anfühlte, die Schwester als einen Bruder auszugeben.

Juno grinste die beiden lässig an, während er seinen Rucksack in die Gepäckablage hievte.

Gina stieß Penelop unter dem Tisch an. Das konnte bedeuten: »Es funktioniert. Der Typ denkt, wir wären Jungs!« Oder aber, und das war wesentlich wahrscheinlicher, es sollte heißen: »Gooott, Penelop, ist der süüüß!«

Der süße Juno setzte sich und brummte irgendetwas. Penelop verstand nichts, da der Zug in einen Tunnel jagte und es dröhnte. In der Fensterscheibe spiegelten sich vier Jungen. Drei rothaarige und ein schwarzhaariger. Penelop hätte am liebsten ihren Vater geweckt, hätte ihn zu gerne gefragt, ob er gewusst habe, dass auch Menschen mit dunklen Haaren von ihrer Art sein konnten. Warum war sie nur immer davon ausgegangen, dass rotes Haar zwingend war?

Der Tunnel war vorüber, als Frau Meißner sich in Richtung Speisewagen aufmachte.

»Hey, weißt du noch, wie wir den Refillstick ausprobiert haben?«, murmelte Juno plötzlich an Gian gewandt.

»Allerdings«, erinnerte sich Gian, und seine Augen funkelten. »Aber zuerst mussten wir das Teil ja bauen. Das war ja auch nicht gerade simpel.«

»Was ist denn ein Refillstick?«, fragte Penelop vorsichtig. Im nächsten Augenblick hätte sie sich am liebsten die Zunge rausgebissen. Sie war doch ein Junge! Jungen fragten doch nicht nach. Jungen wussten Bescheid. Ob ihr Wissen stimmte oder nicht, war einerlei. Man nickte kennerhaft, als ob einem alles klar wäre, und versuchte dann im Verlauf des Gesprächs herauszufinden, um was es eigentlich ging. So machte man das als Junge.

Juno fand anscheinend gar nicht, dass man das so machen musste. Er fand die Frage ganz normal.

»Trinkst du gerne Limo, Perry?«, erkundigte er sich.

»Äh, ja«, nickte Penelop.

»Wenn deine erste Limo leer ist, dann kannst du dir mit einem Refillstick sehr kostensparend gleich noch eine weitere genehmigen.«

»Wir haben das damals aber nicht mit Limo, sondern mit Wasser geübt«, fiel Gian mit ein. »Weißt du noch? Glas ausgezischt, Stick gegen's Glas geschnipst, nichts passiert.«

»Ja, echt Mann, wir haben uns immer wieder nachgeschenkt und leergetrunken«, lachte Juno. »Dann dagegengeschnipst.« Seine Hände hoben sich weit geöffnet über den Tisch, und er sah Penelop und Gina dramatisch begeistert an. »Nix. Nada. Niente. Unsere Refillsticks schienen Schrott zu sein. Wir dachten, wir hätten die Dinger nicht richtig zusammengeschraubt.«

»Schon richtig schlecht war uns vom vielen Wasser«, rief Gian aufgedreht. »Als Juno dann endlich auf die glorreiche Idee kam, es doch mal mit vollen Gläsern zu versuchen. Haben wir also ausprobiert.«

Der Zug ratterte über eine hohe Bücke. Penelop hatte gar nicht gemerkt, wie die Landschaft draußen sich verändert hatte. Sie blickte hinunter in eine Schlucht. In einer schattigen Spalte lag noch ein wenig Altschnee.

»Und dann?«, bohrte Gina nach. »Wie ging es denn weiter?«

»Die vollen Gläser waren tatsächlich die Lösung! Man muss unpraktischerweise schon vorher wissen, ob man nachher noch was will«, fuhr Gian fort. »Juno und ich haben uns also siegreich mit unserem ersten *Refillwasser* zugeprostet, als sei es die beste Limo der Welt, und haben es abermals hinuntergekippt. Und ... – *gluck, gluck* – wieder voll! Die Gläser blieben erst leer, wenn man mit dem Stick noch mal dranschnippte. Aber das hatten wir dann verhältnismäßig schnell rausgefunden.«

Juno nickte und boxte Gian freundschaftlich auf die Schulter. Penelop warf einen schnellen Seitenblick auf Gina. Würden sie im Halbmondcamp auch solch einen Spaß haben? Und so spannende Sachen bauen?

»Und dann«, setzte Juno wieder an und lachte schallend, »mussten Gian und ich von dem vielen Wasser, das wir intus hatten, äußerst dringend mal wohin. Gian sah mir sogar fast so aus, als würde ihm gleich ordentlich was in seine schöne graue Hose laufen. Also habe ich ihm meinen Refillstick dagegengeschnipst und ihn dann gekitzelt!« Junos dunkle Augen blitzten.

»Das war echt mies von dir!« Gian tat empört. »Wenn ich nicht gleich mitten auf die Campwiese gepinkelt hätte, dann wäre die Hose echt hinüber gewesen. Das ist übrigens die, die du jetzt gerade anhast, Gino. Bedanke dich also bei deinem vorsorglichen Bruder, dass er sich damals nicht zu fein war, sich vor den Augen aller zu blamieren. Sonst hättest du jetzt 'ne Hose, die sich immer wieder füllen würde. Und zwar nicht mit Wasser!«

Juno fiel vor Lachen fast vom Sitz.

Gina strich sich in alter Gewohnheit eine nicht mehr vorhandene Haarsträhne hinters Ohr.

»Ihr habt echt 'nen komischen Humor. Und einen Denkfehler!«, sagte sie spitz. »Die graue Hose hätte doch schon nass sein müssen, bevor du mit deinem Stick dagegengeschnipst hast. Habt ihr doch gerade selbst erklärt. Man muss den Stick an etwas Volles schnipsen.«

Die Jungen beachteten Ginas Einwand gar nicht. Sie waren zu sehr am Lachen. Sie wieherten nahezu.

»Hast du deinen Stick eigentlich noch?«, wollte Gian zwischen zwei Lachern wissen.

Der Zug fuhr langsamer und kam wegen einer Gleisstörung zum Stillstand.

»Nee, leider ist mir das Ding schon bei der Heimreise damals kaputtgeknackst. Und du? Hast du deinen noch?«, gab Juno halberstickt zurück.

Gian hörte auf zu lachen und warf einen kurzen Blick

hinüber auf Penelops Vater, der aber immer noch tief und fest schlief. »Nee, Ich hatte Schulden. Ich habe meinen Stick noch während des Camps einlösen müssen. An Clint, wenn du weißt, was ich meine.«

»Aha, aha, aha«, grinste Juno. »Was waren denn das für Schulden, hm?«

»Ich hatte zwei kleine Bonbons in grünglasiger Folie nicht bezahlt«, flüsterte Gian verschwörerisch.

Penelop runzelte die Stirn. »Zwei Bonbons? Gegen so ein tolles Ding wie diesen Refillstick? Ist das nicht ein bisschen wenig?«

»Dieser Clint hat keine gewöhnlichen Bonbons verkauft«, erklärte Juno mit gesenkter Stimme. »Sondern welche, die einem die Zunge schneller machen.«

»Also, ich brauche keine schnellere Zunge«, kicherte Gina. »Ich hätte lieber schnellere Beine. Dann wäre ich im Sport nicht immer einer der Letzten.«

»Bald denkst du anders, Bruderherz«, erklärte Gian. »Viele Banne sind nämlich deshalb so schwierig hinzubekommen, weil man die dazugehörigen Wörter einfach nicht schnell genug über die Lippen bringt. Man muss das manchmal jahrelang trainieren. Oder aber man kauft ein paar Bonbons bei Clint.«

»Kaufte«, korrigierte Juno. »Clint verkauft nichts mehr, denn die Bonbons in der grünglasigen Folie sind verboten worden. Die sind ja auch ein bisschen giftig. Jedenfalls wenn man zu viele davon lutscht. Dann nix schnelle Zunge, sondern lahme Lunge, haha.«

»Du spinnst ja, Gian! Du hättest dich vergiften können!«, schimpfte Gina strenger, als ihre Mutter es je tat.

»Ach, halt die Klappe. So schnell geht das auch wieder nicht«, beschwichtigte sie ihr Bruder. »Außerdem habe ich damals nur das eine Bonbon gegessen. Das zweite hatte ich irgendwo verschlampt.«

Die Nachmittagssonne fiel schräg in den Waggon und Herrn Gowinder ins Gesicht. Er gab ein Grunzen von sich, richtete sich abrupt auf und sah sich benommen um.

»Sind wir schon da? Nein, hier ist ja nur Wald und Feld.« Dann bemerkte er Juno.

»Oh, hallo, wir haben ja Zuwachs bekommen.«

Penelop sah, wie die Augen ihres Vaters aufblühten, wie sehr es ihn freute, diesen artgleichen Jungen zu erblicken. Die beiden sprachen miteinander.

Der Zug stand immer noch. Stand und stand und fuhr nicht weiter. Gina schob sich unruhig auf ihrem Sitz herum.

»Das Umsteigen können wir vergessen. Unser Anschlusszug ist weg. Wir kommen zu spät«, murmelte Juno und trommelte mit den Fingern auf den Tisch.

»Keine Sorge, sie werden auf uns warten«, versuchte Leopold sie alle zu beruhigen. Aber das war nicht der Punkt. Zuspätkommen war einfach blöd, vor allem wenn man völlig neu irgendwo hinkam.

Irgendwann aber hatte der Stillstand ein Ende. Und nach einer guten Stunde auf dem Umsteigebahnhof saßen sie schließlich erleichtert in einer kleinen Bergbahn, die sich durch ein enges Tal wand. Höher und höher hinauf, bis zu einem kleinen, ziemlich leeren ockerfarbenen Bergbahnhof. Hier war Endstation.

# 16
# Erste Ankunft

Wie kühl die Luft hier war. Die Sonne verschwand gerade hinter einer aufragenden Bergspitze, und sogar einen Hauch von Schnee konnte man riechen. Penelop ritschte den Reißverschluss ihres Parkas bis ganz nach oben und zog sich Pietschs schwarze Mütze tief in die Stirn. Bei solchen Temperaturen waren kurze Haare absolut die falsche Frisur.

Die wenigen Leute, die aus dem Zug geklettert waren, verliefen sich sofort, und auch Frau Meißner trieb zur Eile an. Juno warf sich seine Dreadlocks aus dem Gesicht und den Rucksack auf den Rücken.

»Wir müssen dort entlang«, wusste er und wies seitlich hinter das geduckte Bahnhofshäuschen, wo sich ein steiniger Pfad durch frisch ausgetriebenes Gestrüpp schlängelte. Sie folgten ihm mit hastigen Schritten. Immer bergauf.

Plötzlich begann Penelops Nacken wild zu zucken. Ein ums andere Mal.

»Na bitte!«, meinte Leopold.

»Wir sind also gleich da«, keuchte Gians und Ginas Mutter, denn natürlich hatten alle die Anwesenheit von ihresgleichen gespürt. Es waren viele, das war deutlich wahrzunehmen. Penelop bekam eine Gänsehaut und Gina flüsterte:

»O Gott, Penelop, kann man vor Aufregung eigentlich sterben?«

»Ich heiße Perry! Vergiss das jetzt nicht mehr«, wisperte Penelop zurück.

Der Weg endete auf einem, bis auf zwei Autos leeren, großen steinigen Parkplatz, an dessen Ende gerade der Rest einer Horde Jungen mit Rucksäcken im Gestrüpp verschwand.

»Ach du Scheiße«, stieß Juno hervor. »Mortenius! Mehr Pech hätten wir aber auch nicht haben können.«

Dort, wo eben die Jungenhorde verschwunden war, stand ein stämmiger Mann im abgetragenen senfgoldenen Mantel.

Leopold brummte irgendetwas.

»Wer ist das?«, wandte Gina sich unsicher an ihre Mutter.

»Ein alter Grummler«, antwortete Frau Meißner.

Der Mann trug das fisselige leicht rötliche Haar bis zum

Kinn, hielt eine Art Klemmbrett vor der Brust und sah in ihre Richtung.

»Mama, Herr Gowinder«, sagte Gian nur knapp. »Tschüs, danke fürs Herbringen. Los Leute, rennt!«

Doch Herr Gowinder erwischte seine Tochter noch am Ärmel, bevor sie losstürzen konnte.

»Penni, ich werde dich vermissen, und ich wünsch dir eine wunderbare Zeit. Ich beneide dich, um ehrlich zu sein. Und hey, egal wie sehr dieser Mortenius seine Mundwinkel nach unten zieht, hab keine Angst vor ihm. Er ist harmlos, nur ein Gehilfe, der sich gerne ein bisschen ruppig gibt.«

Fest zog er sie an sich, flüsternd legte er seine Wange an ihre.

»Und falls sonst was ist: Du hast ja die Erde und die Feder bei dir.«

»Ja, tschüs Papa.« Mehr konnte Penelop nicht sagen. Die anderen Campjungen waren schon im Gebüsch verschwunden, da vorne wartete ungeduldig dieser Mann, und Gina, Gian und Juno waren schon fast bei ihm.

So gut sie es in den zu großen Turnschuhen und mit dem schweren Rucksack vermochte, spurtete sie also den anderen hinterher.

Als sie schließlich neben Gina bei Mortenius ankam, wäre sie am liebsten gleich wieder umgedreht, so hart war dessen Miene. Stechende, winzige graue Augen spähten sie aus einem furchigen Gesicht an. Bestimmt erkannte er gleich, dass sie kein Junge war.

»Gian Meißener! Julian Nostiz!« Die vier zuckten zusammen. »Dafür dass ihr euch dieses Jahr als Gefolge eingeschrieben habt, seid ihr ordentlich spät! Die anderen sind schon losgewandert! Lediglich begleitet von Jasper Wins.«

»Unsere Bahn hatte Verspätung«, murmelte Gian.

»So etwas plant man von vornherein ein!!!«

»Verzeihung«, kam es von Juno, was ihm ein vernichtendes Schnauben einbrachte.

»Und ihr?«, wandte der Mann sich jetzt an Penelop und Gina. »Gino Meißner und Sanan Elwing, nehme ich an? Welcher von euch ist wer?«

»Nein, äh, ich bin Perry Waldmann«, brachte Penelop heraus. Ihr Herz klopfte. Sie fühlte sich ganz klein. Leopold hatte ihr versichert, sie müsse keine Angst haben. Aber er hatte gut reden. Außerdem hatte er sie nicht nur mit einem Jungennamen, sondern auch noch gleich mit einem anderen Nachnamen angemeldet. Wenn sie jetzt nur hätte sagen können, ich bin Perry Gowinder, dann hätte sie sich schon ein bisschen kräftiger gefühlt.

Der Mann musterte Penelop argwöhnisch, machte aber schließlich einen Haken auf seinem Klemmbrett.

»Und wo ist Sanan Elwing?«, grunzte er dann, als ob sie das zu wissen hätte. »Vor uns liegt ein langer Marsch! Wir müssen zügig voran, um die anderen einzuholen. Die Dämmerung kommt hier schneller, als man denkt. Wenn dieser Elwingspross nicht in fünf Minuten da ist, brechen wir ohne ihn auf.«

*Zuck! Zuck!*

Als hätte der Elwingspross Mortenius' Drohung gehört,

rumpelte nun ein uralter kastiger Lieferwagen über den Parkplatz. Er war blassblau und hellgrün, stieß dunkle Qualmwölkchen aus und kam zum Stehen. Ein ziemlich korpulenter Mann mit bronzefarbener Haut hievte sich heraus.

»Angekommen!« Sein rundes Gesicht strahlte. Eine ebenso füllige rotblonde Frau, so blass wie der Mann dunkel und mit zahllosen bunten Halsketten und Tüchern, wuchtete sich vom anderen Sitz. Sie strahlte ebenfalls, öffnete die Schiebetür zum Laderaum, rief: »Nimm die Dose mit und mach die Jacke zu, Sanan-Schatz, es ist ganz schön kalt hier draußen«, und im nächsten Moment kam ein großes Kind zum Vorschein, rund wie eine Torte.

Penelop, Gina, Gian und Juno wären beinahe die Augen aus dem Kopf gefallen. Ein Mädchen!

Mortenius' Miene versteinerte. Penelop sah quer über den Parkplatz hin zu ihrem Vater. Doch er und Maja Meißner waren schon gegangen.

»Das kann doch nicht sein«, hauchte Gina. Juno boxte sie leicht auf den Oberarm und flüsterte: »Sei doch nicht so kleinlich, Gino. Vielleicht ist Sanan einfach ein Junge, der sich eben gerne seine schwarzen Krausehaare fest an den Kopf flicht und auf fluffige rosa-grüne Schals in Form einer Schleppe steht.«

Oder, dachte Penelop, Oma Erlinda hatte recht. Man kann sich in das Camp einkaufen. Aber in der nächsten Sekunde verwarf sie diesen Gedanken, denn eigentlich sah die mollige heranstapfende Familie überhaupt nicht reich aus. Das Auto fiel beinahe auseinander, und die weinrote Cordjacke des Mädchens – oder war es doch ein Junge? – war an den Bündchen ganz ausgefranst und am Ärmel mehrmals geflickt. Das konnte zwar auch etwas anderes bedeuten, als wenig Geld zu …

»Mortenius, schön Sie zu sehen«, rief der immer noch strahlende Vater, als er bei ihnen angekommen war, und ließ einen abgewetzten Rucksack auf den Boden plumpsen. Mortenius war wohl in Leichenstarre gefallen. Er brachte keinen Ton hervor, was den Elwings aber rein gar nichts auszumachen schien.

»Hallo zusammen! Nathan Elwing mein Name!« Heiter reichte der Vater allen die Hände, und ebenso heiter meinte Frau Elwing: »Die Gegend hier ist wunderbar, nicht? Wir sind so froh, dass unser Auto es den Berg hinaufgeschafft hat und auch dass Sanan dieses Jahr zum ersten Mal bei einem Kurs dabei sein kann. Sanan, reich doch gleich mal unsere Quarktaschen herum. Ihr habt ja noch die lange Wanderung vor euch. Da brauchen alle eine Stärkung.« Frau Elwing lächelte ihre Tochter an, die jedoch ein wenig gequält dreinblickte, als ihre weichen Finger umständlich den Deckel der großen Silberdose anzuheben versuchten.

»Es sind nicht mehr genug«, murmelte sie langsam und zerknirscht. Ein verlockender Duft stieg aus Dose. »Ich habe fast alle aufgegessen.«

In Mortenius kam Leben zurück. Er knurrte, dass eine gewisse Albruna den Irrtum klären müsse, dass er schließlich nur als Gehilfe arbeitete. Zackig hakte er sein Klemmbrett ab.

»Wir brechen auf!«

Doch seine Worte gingen im vergnügten Kichern Herrn Elwings unter:

»Kein Problem, Sanan, das haben wir gleich!« Flugs zog er etwas aus seiner Jackentasche und schnipste damit gegen die Dose. »Jetzt können sich alle bedienen.«

»Ein Refillstick?«, hauchte Gina.

»Ganz richtig, mein Junge«, freute sich Herr Elwing. »Sogar ein richtig alter. Ich habe ihn vor langer Zeit bei meinem ersten Seminar gebaut. Ob ihr's glaubt oder nicht, Alpha Regius persönlich hat mir beigebracht, wie das geht. Das war noch, bevor er sich dann komplett von der Technik abgewandt hat.«

»Schluss jetzt! Abmarsch, und zwar sofort!«, schnauzte Mortenius. »Ich habe keine Lust, in die Dunkelheit zu geraten. Und außerdem wollte Meera noch bei der Station vorbeischauen.«

»Ach, lassen Sie die Kinder essen«, winkte Frau Elwing unbeschwert ab und hielt bereits Juno, der eigentlich gerade hatte losmarschieren wollen, eine Quarktasche hin, die er auch nahm. »So haben Sie nachher viel weniger Scherereien. Ein leerer Magen kann bei einer Wanderung doch ziemlich aufhalten.«

Penelop und Gina grinsten sich verstohlen an. Diese Familie gefiel ihnen. Die Leichtigkeit, die sie hier verbreiteten, grenzte eigentlich schon an Magie.

»Meinetwegen«, stieß Mortenius tatsächlich verächtlich hervor. »Aber es wird im Gehen gegessen!«

Penelop, Gina, Gian griffen so schnell in die Quarktaschendose, als befürchteten sie, Mortenius könne es sich noch mal anders überlegen. Sanan umarmte ihre Eltern, und dann stapften sie endlich los. Beinahe die ganze lange Wanderung über mussten sie sich anhören, dass Refillsticks und derartiger Quatsch im Camp absolut verboten wären, dass magische Experimente außerhalb des Unterrichts untersagt waren, dass es bestimmt niemand anderes gäbe, der sich so träge fortbewege wie Sanan Elwing, und dass früher die Jugend und auch alles andere viel besser gewesen war.

# 17
# Floßstation

Schon seit geraumer Weile stand zwischen den Bäumen die Dunkelheit, und wenig später hoben sich auch oben die Äste nachtschwarz gegen den nur noch spärlich blauen Himmel ab. Der Mond war eine Sichel. Bald konnten sie nichts mehr sehen. Und sie waren noch lange nicht da. Jedenfalls nicht beim Camp. Sie würden heute in irgendeiner Floßstation übernachten. Unter ihren Schuhen knirschten Steine, knackten Zweige. Ein Käuzchen rief.

»Wir kommen gleich an eine steile Holztreppe«, teilte Mortenius soeben mit. »Ein ziemlicher Zick-Zack nach unten. Tastet nach dem Geländer, haltet euch gut fest.«

»Und wo führt das Ding hin?«, kam es von Juno, der das Schlusslicht machen musste.

»Runter zum Fluss.«

Endlich, dachte Penelop hoffnungsvoll. Wenn der Fluss da ist, kann die Floßstation nicht mehr weit sein. Ihre Füße waren pochende Klumpen. Vor ihr stampfte Sanan auf die erste hölzerne Stiege und umklammerte den Geländerpfosten.

»Ich finde es sonderbar …«, murmelte das Mädchen mit einem Mal und blieb, wie schon die ganze Wanderung über, mal wieder stehen.

»Was denn jetzt? Dass wir immer noch nicht bei der Station sind?«, scherzte Juno gutmütig. »Könnte eventuell am Tempo liegen.«

Penelop drückte Sanan leicht am Rücken, schob sie an. Sie mochte Juno und seine lockere Art, und sie mochte Sanan und ihre eigentümliche Langsamkeit, aber sie konnte sich jetzt nicht mehr über irgendwelche Sonderbarkeiten unterhalten. Weder im Spaß noch im Ernst. Sie wollte nur noch ankommen, die Schuhe von den wanderwunden Fersen zerren und endlich, endlich schlafen.

»Ich finde die Tatsache sonderbar«, erläuterte Sanan unbekümmert, »dass wir nur zu fünft sind. Das ist doch komisch. Meine Mutter meinte, die Kurse seien begehrt und es kämen weit über zweihundert Kinder.«

»Wegen der Mädchensache sind es jetzt nur noch an die fünfzig«, erläuterte Juno.

»Und diese fünfzig sind schon lange irgendwo da unten und schlummern glücklich«, seufzte Penelop. »Geh jetzt bitte mal weiter.«

»Die sind schon dort? Warum haben wir diesen Marsch nicht alle zusammen gemacht?« Sanan schnaufte behäbig zwei Stufen nach unten.

»Die sind halt pünktlich gekommen«, erklärte Juno.

»Verstehe ich nicht«, murmelte Sanan, bewegte sich aber nun wieder ein wenig zügiger. Hatte sie überhaupt mitbekommen, dass sie viel zu spät am Parkplatztreffpunkt erschienen waren? Penelop war sich nicht sicher. Die Elwingfamilie schien ihr eigenes Zeitgefühl zu haben. Vielleicht wusste Sanan dann auch gar nicht, dass Mädchen im Camp verboten waren. Aber ob sie es wusste oder nicht, die Tatsache, dass sie eines war, würde sicherlich morgen für Aufruhr sorgen.

Irgendwann spürten sie alle wieder die Anwesenheit von ihresgleichen. Ganz in der Nähe. Dann war die Zick-Zack-Treppe überwunden, um in einen Steg überzugehen, der dicht am steilen Felsufer entlanglief. Schwarzes Wasser gurgelte unter ihnen, und eine Gaslaterne verbreitete ein wenig Licht. Sie vernahmen dumpfe Schritte auf dem Holz, und aus der Dunkelheit tauchten zwei Gestalten auf.

»Habt ihr es doch noch geschafft?«, grinste ein junger Mann in einem alten Cape.

»Werd bloß nicht vorlaut«, gab Mortenius knurrend zurück.

»War doch nur Spaß«, sagte der Capeträger und mit einem Blick auf Gian und Juno:

»Ach, ihr seid das. Ihr versucht euch dieses Jahr als Assistenten, richtig? Frau Winkel habt ihr leider verpasst. Sie war vorhin kurz hier, um die Kinder von diesem Jahr wenigstens noch zu sehen. Die Floßstation ist ja – im Gegensatz zum Camp – von ihrer Hütte aus relativ leicht zu erreichen.«

»Schade«, murmelte Juno.

Gina sah ihren Bruder fragend an. Penelop schloss die Augen. Sie wollte ins Bett. Wer wann wo gewesen war und was von was leichter zu erreichen war, war ihr so was von egal. Dann dämmerte ihr, dass sie den Namen Frau Winkel irgendwie kannte. Ja, das war doch die Gehilfin von Alpha Regius gewesen.

»Frau Winkel war bis letztes Frühjahr eine großartige Lehrerin, die oft in den Camps unterrichtet hat«, flüsterte Gian den Mädchen zu. »Aber letzten Herbst musste sie aufhören. Sie ist ziemlich krank geworden, Brustkrebs oder was am Herz oder so, sagt man.«

Also war es wohl eine andere Frau Winkel, nicht Alpha Regius' Gehilfin. Denn die war ja laut Leopold nicht sonderlich begabt gewesen, konnte also keine großartige Zauberlehrerin sein.

»Schöne Grüße soll ich dir von ihr bestellen«, wandte sich der zweite Mann wieder an Mortenius.

Der nickte spärlich. »Übernehmt ihr jetzt mal diese lahme Bande. Ich quartiere mich heute Nacht im Bootshaus ein. Gute Nacht.« Damit eilte er davon.

Erst jetzt sahen die beiden Männer sich die Zuspätgekommenen richtig an. Genauer gesagt, sie sahen Sanan an.

»Entschuldigung, aber auf den ersten Blick dachte ich, du bist ein Mädchen. Aber das wäre ja Quatsch, dieses Mal kommen ja gar keine.«

Sanan zuckte die Schultern. Sie schien mit der Bemerkung nichts anfangen zu können.

»Können wir jetzt bitte in die Kojen, wir sind echt unglaublich müde«, schaltete sich Gian ein.

»Du hast recht. Es ist spät«, sagte der Capeträger.

Sie gelangten zu einem langgestreckten Bretterschuppen. Drinnen roch es wie in einem Raubtierhaus. Ein riesiges Matratzenlager war zu erkennen und Körperhügel unter groben Filzdecken. Direkt am Eingang waren noch ein paar Matten frei.

»Ihr drei könnt hierhin«, wandte der eine sich an Penelop, Sanan und Gina. »Ihr beiden dahinten«, teilte der andere Gian und Juno mit und wies ans Ende des Schuppens. Die Mädchen ließen sich sogleich plumpsen und schafften es sogar noch, die Schuhe auszuziehen und sich zuzudecken. Ehe die beiden Männer ihnen noch mitteilen konnten, dass sie tags drauf bei Sonnenaufgang weitermussten, waren alle drei schon abgetaucht in einen tiefen, schweren Schlaf.

Am nächsten Morgen, die Sonne streifte ihr erstes Licht über das Grau der Bergspitzen, wurde Penelop von einem Ruckeln an ihrer Schulter und einem »Tee gefällig?« geweckt. Bleiern lagen ihr die Lider über den Augen. Sie kämpfte sich ins Sitzen und blickte in ein durch und durch offenes, freundliches Gesicht. Wo um alles in der Welt war sie?

»Hey Kleiner, ich bin Jasper. Jasper Wins, Assistent im zweiten Jahr, trink den Tee und mach dich fertig.« Das freundliche Gesicht war tiefschwarz, die Augen blitzend. »Wir fahren bald los.«

Wir fahren los? Warum? Wohin? Halb automatisch nahm Penelop die dampfende Tasse entgegen. Der Junge namens Jasper, er mochte in etwa sechzehn sein, klopfte behutsam gegen einen runden Deckenberg links neben ihr, dann rüttelte er vorsichtig an einem eher flachen Deckenberg rechts von ihr, was ihm vom flachen Berg ein kratziges »Verzisch dich, Gian!« einbrachte.

Penelop grinste. Jetzt fiel ihr alles wieder ein. Sie sah sich um und entdeckte weit hinten im Schuppen Juno und Gian. Die beiden liefen tatsächlich schon wie Jasper, mit einer Kanne und Tassen bewaffnet, durch die Reihen. Die Assistenten mussten heute anscheinend in Verwandlungskunde schon die höchste Stufe meistern: stöhnende Deckenhügel in wache Jungs.

Wenig später hatte Penelop ihren Tee getrunken, ihre Fersen mit Blasenpflastern verklebt und war ins Freie geschlüpft. Der nachtschwarze Fluss hatte in Verwandlungskunde auch gut aufgepasst, denn er war des Morgens ein türkisgrüner geworden. Zu seinen Seiten ragten krunkelige Felswände hoch hinauf und gaben weit oben einen strahlend blauen Himmel frei. Penelop atmete die kalte Morgenluft ein, und eine sachte Freude regte sich in ihr. Der Tag gestern war anstrengend gewesen. Und es hatte ihr weh getan, ihre Eltern zu verlassen, und Mortenius verbreitete nicht gerade ein Geborgenheitsgefühl, aber für diesen Moment war das alles nicht von Belang. Denn sie war so liebevoll geweckt worden, und der Fluss und die steilen Felswände waren einfach wunderschön. Penelop fühlte, wie etwas von ihr sich tief mit der Landschaft verband.

Mehr Kinder kamen heraus. Auch Gina und Sanan. Bald drängte sich auf dem Steg eine fröstelnde Horde in allen Größen und Hautfarben und vor allem mit allen Haarfarben! Und alle hatten längere Haare als Penelop und Gina. Die meisten schwiegen und starrten verschlafen oder verschlossen auf die Holzbretter unter ihnen. Penelop war froh, dass sie nicht allein war, sondern Gina schon kannte und Sanan ein bisschen. Das gab ihr Sicherheit.

»Immer zwei Jungs auf ein Floß!«, hallte Mortenius' Stimme plötzlich zwischen den Bergwänden. Er kam auf einem schmalen Baumstammungetüm um die Flussbiegung zum Steg gerudert. Im Schlepptau hatte er eine ganze Kette von ähnlichen Gefährten. Das türkisfarbene Wasser schäumte weiß auf. Es war bestimmt eiskalt.

»Auf den Baumdingern sollen wir fahren?«, zischelte Gina leise. »Ist der noch ganz dicht? Wir haben Magiecamp gebucht, kein Überlebenstraining. Penelop, wenn ich gleich reinfalle, dann sorge bitte dafür, dass ich ausschließlich von Juno wiederbelebt werde, hörst du, auf keinen Fall von Mortenius. Ich möchte in Junos Armen die Augen öffnen und …«

»Reiß dich zusammen!« Penelop versetzte der Freundin einen Rippenstoß. »Und sag Perry!«

»Gino Meißner, Sanan Elwing?« Jasper stand lächelnd mit Mortenius' Klemmbrett an der Floßeinstiegsstelle und sah fragend in die Gruppe. »Ihr könnt gleich auf das erste klettern«, nickte er Gina und Sanan zu, als die beiden vortraten.

»Perry Waldmann, Mo Matuschek!« Penelop und ein kleiner, blond zerzauster Junge traten zu Jasper an den Rand des Stegs. Der blonde Junge war mager, wirkte eher wie neun als wie elf, und seine runden braunen Augen hatten etwas Verlorenes.

»Hallo«, sagte Penelop und lächelte ihm aufmunternd zu. Mo lächelte kurz zurück, und Penelop mochte ihn sofort.

»Am besten versucht ihr, sofort kräftig zu rudern. Die Strömung ist nicht stark genug für eine schnelle Fahrt, und auf dem Fluss ist es einfach sehr kalt«, erklärte Jasper und drückte den beiden eine Floßleine und jeweils ein Paddel in die Hand.

Penelop und Mo kletterten schnell auf das Floß, knieten sich hin und stießen sich ab.

Bald war der Fluss voll mit Flößen voller Kinder. Die Müdigkeit wurde durch das kräftige Rudern fortgetrieben. Entgegen Ginas Erwartung war das Balancehalten gar nicht so schwierig, vielleicht waren die Flöße ja verzaubert, und irgendwann stellte sich sogar Fröhlichkeit ein. Ein etwas übermütiger Junge brüllte eine Art Kampfschrei, der von den Felswänden zurückgeworfen wurde und sie weiter antrieb. Und mit jedem Ruderschlag, der das Wasser teilte, rückte das Halbmondcamp näher und näher heran.

## 18
## Das Halbmondcamp

Im Anschluss an die Floßfahrt mussten sie wieder steil hinauf. Sie sprachen kaum miteinander, schonten ihre Kräfte. Nur Gina flüsterte Penelop irgendwann zu:

»Es funktioniert, oder? Kein Einziger hat uns bisher für Mädchen gehalten.«

»Ja, aber zu Sanan haben bisher auch erst zwei Jungs was gesagt. Jedenfalls, soweit ich es mitbekommen habe«, keuchte Penelop.

»Na ja, irritiert angesehen haben sie schon die meisten. Vielleicht ist sie ja doch ein Junge. Aber wir können das ja schlecht fragen, oder? Hey, Sanan, bist du eigentlich ein Junge? Das geht irgendwie nicht. Mein Gott ist das steil hier. Ich kann gleich nicht mehr.«

Nach dem Aufstieg wanderten sie durch einen felsendurchzogenen Wald und überquerten eine Wiese, von der wilde Ziegen aufgeschreckt davonstoben. Mortenius schritt genauso ungeduldig wie gestern voran. Immerhin schwieg er heute. Jedenfalls bis es Mittag wurde, sie eine Pause machten und er Jasper graue Rechtecke verteilen ließ, die er als Sandwich bezeichnete. Penelop hatte Mühe, ihres hinunterzuschlucken. Selbst Oma Erlinda hätte das Zeug nicht mehr als Nahrung durchgehen lassen. Wenn Sanan die Gruppe nicht mit ihrem unerschöpflichen Vorrat aus Elwing-Schokobonbons versorgt hätte, wäre die allgemeine Laune allmählich dem Nullpunkt entgegengeschlittert.

Gegen Abend gelangten sie mehr rutschend als kletternd eine Böschung hinunter, und der Wald wurde von hohem hellrotem Buschwerk abgelöst. Gina brach sich vorsichtig einen kleinen Zweig ab.

»Die Büsche haben die Farbe meines Haars.« Sie wollte sich den Zweig in den Schopf stecken, aber ihre Haare waren dafür viel zu kurz. Also dann eben in die Hosentasche mit dem Ding. Doch erst musste sie dort etwas herausholen.

»Hey Pen… äh, Perry, guck mal. Mein lieber Bruder hat seine Hose sogar noch mit einem seiner appetitlichen Taschentüchern versorgt. Wahrscheinlich schon fünfmal mitgewaschen.« Gina zog einen gräulichen Klumpen aus der Hose.

»Sei froh, dass es kein frisches ist«, kicherte Penelop in

Erinnerung an den klitschnassen Lappen, den Gian gestern in den Zugmülleimer gestopft hatte. Gina warf den Klumpen ins Gebüsch.

»Und was ist das bitte?« Jetzt verzog sie das Gesicht und pfriemelte noch einen grün-verkrunkelten Folienschnipsel mit schleimigen braunen Krümeln hervor.

»Jungs«, brüllte Jasper unvermittelt von hinten. »Wir sind in wenigen Minuten da!!! Wer noch Kraft hat, der sollte noch kurz diese kleine Anhöhe rauf. Von dort könnt ihr unser Lager von oben in Augenschein nehmen. Lohnt sich, glaubt mir!«

Gina stopfte den Folienschnipsel zurück in die Hosentasche, und Penelop und sie und – bis auf Mortenius – auch alle anderen stürmten den Berg hinauf, um oben still staunend zu verharren.

Unter ihnen tauchte die Flut der Abendsonne eine weite Lichtung in orangefarbenes Licht, und in der Mitte, wie ein stummer Hüter, stand der mächtigste Baum, den man sich vorstellen kann. Aus seinem Blättermeer hingen Lianen bis zum Boden und fremdartige Gewächse wie lange, buschige Bärte. Hoch oben um den Wipfel kreiste grell rufend ein Bussard.

»Willkommen im Halbmondcamp«, sagte Jasper feierlich, ja glücklich.

»Die Behausungen sehen ja lustig aus, beinahe wie Iglus«, murmelte Gina Penelop zu, die vor lauter Baumbewunderung noch gar nichts anderes bemerkt hatte.

Elfenbeinfarbene, kuppelartige Gebilde steckten dort im

goldbraunen Gras und zwischen den Büschen. Aus hauchzartem, eigenartigem Material. Als ein leichter Wind über sie hinwegstrich, spiegelten sie das trockene Gras und das rötliche Buschwerk wider und waren für einen Moment nicht mehr wirklich zu sehen.

»Wow«, hauchte Gina.

In einem dynamischen Muster waren die Kuppelgebilde um den riesigen Baum angeordnet, als wäre er ihr Planet und sie die Monde, die ihn umkreisten.

Halbmonde, dachte Penelop und lächelte in sich hinein. Windspiegelnde halbe Monde. Daher also der Name des Camps.

»Wie lange soll diese Besichtigung noch dauern?«, knurrte Mortenius. Seine Laune war, so wie er selbst, nicht mit hochgeklettert, sondern eher noch auf minus zehn runtergeschlittert. »Los jetzt, zum Check-in!«

»Wir sind schon unterwegs«, rief Jasper unbeschwert. »Aber ich wollte es eben nach dem Alpha-Regius-Prinzip machen: Verschaffe dir Überblick, bevor du handelst.«

»Das hat Alpha Regius garantiert nie von sich gegeben«, schnaubte Mortenius und stapfte los, und Penelop hätte gerne ihren Vater gefragt, was Alpha Regius denn nun wirklich gesagt hatte. Denn sie fand das mit dem Überblickverschaffen eine ganz gute Idee.

Dann gelangten sie in das Camp hinein und strebten dem Baumriesen zu. Ein kreisförmiger Sandplatz umgab den Baum und zahllose kleine weiße Felsen. Auf dreien saß jemand. Waren das die Lehrer?

Ein sportlicher, recht junger Mann erhob sich.

»Willkommen, Jungs!« Er hatte etwas Zupackendes an sich, trug einen aschblonden Bart am viereckigen Kinn, moderne Turnschuhe und grinste sie aus schelmischen Augen an.

Neben ihm wackelte ein gebeugter knochiger Herr vom Felsen hoch. Er grinste niemanden an, sondern war mit seinem Gehstock beschäftigt. Die dritte Person war eine Frau in einem unpraktischen Kleid. Sie trug ihr mausbraunes Haar schlaff zusammengebunden und hatte tieflila Augenringe. Irgendwie erinnerte sie Penelop an eine Aubergine, an eine schon etwas eingetrocknete.

»Willkommen! Ihr habt es geschafft«, kam es nun etwas schleppend aus ihrem Mund. Sie schritt ihnen entgegen und ließ den Blick musternd über sie schweifen. Der junge Sportliche kam neben sie.

»Großartig, dass ihr da seid, Leute. Wenige seid ihr!«, rief er. »So wie wir ja auch. Aber wir machen das Beste draus, oder? Mein Name ist Caleb Aegir. Mit mir werdet ihr hier hauptsächlich das körperliche Training haben, und ich freu mich schon drauf. Das hier ist Albruna Mandras.« Er wies auf die Frau, die gemessen nickte. »Und unser verehrter Herr Doktor Titus, der großzügigerweise eingesprungen ist, obwohl er ja in Russland lebt und außerdem schon lange im Ruhestand weilt.«

Die Brillengläser von Doktor Titus blitzten, als er jetzt ein wenig den Kopf hob, um den Blick über die Ankömmlinge schweifen zu lassen.

»Ich grüße euch, Kinderlein«, war seine brüchige Stimme zu vernehmen.

Kinderlein? Penelop warf Gina einen Blick zu. Waren sie etwa Erstklässler?

Irgendwie hatte sie sich die Lehrer anders vorgestellt. Älter als Herrn Aegir und wesentlich jünger als Doktor Titus und weniger zäh als Frau Mandras. Und natürlich hatte sie gedacht, es wären mehr als nur drei! Sie war ziemlich enttäuscht.

»Wir haben eine spannende Zeit vor uns«, ergriff nun Frau Mandras das Wort. »In der ihr euch in meinem Unterricht besonders den Grundlagen der Pflanzenmagie widmen werdet. Normalerweise sind Pflanzen nicht mein Schwerpunkt. Aber wie ihr ja vielleicht mitbekommen habt, hat noch in letzter Sekunde sehr viel Lehrpersonal seine Teilnahme am Camp abgesagt. Aus Solidarität mit den Mädchen.«

Sie warf ihren Kollegen einen Blick zu. Da aber keiner der beiden Anstalten machte, etwas von sich zu geben, fuhr sie fort.

»Ich persönlich habe mich entschieden, meinen Unterricht stattfinden zu lassen, denn niemand Geringeres als Alpha Regius hat dieses Camp seinerzeit gegründet. Sein Vermächtnis kann man nicht einfach so aufgeben. Auch wenn ich natürlich bedauere, dass Mädchen dieses Jahr nicht dabei sein dürfen. Mögen sich die Gesetze wieder ändern!«

Dann fiel ihr Blick auf Sanan, und ihre Stirn verzog sich.

Sie wandte sich Mortenius zu, der behäbig die groben Schultern hob und mit der Hand auf die Lehrerin zurückwies. Als wolle er sagen, das ist nicht mein Problem.

Doktor Titus brabbelte irgendwas, hielt den Knauf seines Stockes umklammert und nickte immer wieder vor sich hin. Frau Mandras trat auf Sanan zu.

»Kommst du bitte mal mit?«

Sie schritt von dannen, und Sanan trottete völlig unbedarft hinterher.

Penelops Herz machte einen Satz. Was geschah denn jetzt? Wo musste Sanan hin? Und sie selbst, sollte sie jetzt hinterher und dem dicken Mädchen helfen? Und wie sollte sie das tun?

Plötzlich schob sich neben sie ein gutaussehender Junge. Seine Haut, Haare und Augen waren so dunkel wie Jaspers, und er hatte am Ende der Wanderung bereits immer wieder ihre Nähe gesucht.

»Ich finde ein Camp ohne Mädchen ehrlich gesagt mehr als cool, du auch?«, murmelte er kaum hörbar.

»Ach«, wisperte Penelop in gleicher Lautstärke zurück. »Mir ist das völlig egal. Ich beachte Mädchen eh nie.«

»Ich ja auch nicht«, beeilte sich der hübsche Junge zu sagen. »Aber trotzdem. Mädchen sind halt einfach nicht so fähig wie wir. In einem reinen Training kommen wir viel schneller und besser voran.«

Wie bitte? Nicht so fähig? Penelop musste sich zusammennehmen, um ihre Empörung nicht umgehend in einen gutsitzenden Schienbeintritt umzuwandeln.

»Ich bin übrigens Thelonius Goldschenk.« Der Junge streckte ihr gewinnend seine Hand hin. Mit funkelndem Ring dran.

»Mein Name ist Perry«, spuckte Penelop durch zusammengebissene Zähne hervor, und um die Hand nicht nehmen zu müssen, scherte sie mit dem Rücken ein wenig nach hinten und brachte Gina ins Sichtfeld. »Und der hier ist mein Kumpel. Gino Meißner.«

»Hi, hi«, winkte Gina und lächelte zuckersüß, woraufhin ein leichtes Befremden über Thelonius' Antlitz lief.

»Okay Jungs, wir sind hier erst mal fertig«, übernahm Herr Aegir nun das Wort. »Lasst uns nun die Monde beziehen. Später treffen wir uns zum Essen wieder hier.« Und *schwupp* hatte er sie alle in Untergruppen eingeteilt.

## 19
## Mondkunde

Penelop zuckte innerlich zusammen. Was war denn jetzt mit Sanan? Und waren Gina und sie jetzt durch Herrn Aegirs Einteilung etwa mit diesem Thelonius in einem Mond untergebracht?

Mo zupfte Penelop am Jackenärmel und strahlte. »Hey Perry, wir sind zusammen!«

»Ihr wartet hier, bis Frau Mandras zurück ist«, wies Herr Aegir eine Gruppe an. »Und ihr folgt uns.« Mortenius und er schritten mit ihren Zöglingen in unterschiedliche Richtungen über den Sandplatz voran, hinauf auf das raschelnde Goldbraun der Wiese. Doktor Titus blieb zurück. Offenbar kam er trotz Stock nicht mehr gut von der Stelle.

Penelop und Gina beschlossen erst mal, den Mond zu

beziehen und dann mit Gian zu besprechen, wie sie Sanan unterstützen konnten. Sie alle befanden sich im Trott hinter Herrn Aegir, dessen Hand bald beiläufig zwischen die hohen Rotsträucher wies.

»Jasper, Julian und Gian, ihr seid dieses Jahr ja Assistenten. Ihr könnt also den Mond Charon zu dritt beziehen. Jasper, du weißt noch, wie er funktioniert?«

»Oh, natürlich«, kam es sanft von Jasper.

»Dann übernimm doch bitte diese fünf Schüler hier und begleite sie noch zum Metismond«, gab Herr Aegir Anweisung, und Jasper, Juno und Gian samt fünf jüngeren Jungen schlugen den Weg zu ihren Behausungen ein. Für einen kurzen Moment hatte Penelop geglaubt, Thelonius wäre doch bei diesen Jungen dabei, aber ihre Hoffnung war sogleich wieder zerstoben.

»Hier seid ihr untergebracht!« Herr Aegir blieb mit Penelop, Gina, Mo und Thelonius im windgebogenen Gras stehen. »Immer rein mit euch.«

Rein? Wohin? Hier war doch nichts. Doch im nächsten Augenblick erschien ein Mond zwischen den Halmen. Herr Aegir murmelte etwas, bettete seine Handfläche an die elfenbeinschimmernde Außenwand, die sich vorhanggleich hob.

»Das ist für die kommenden zwei Wochen eure Bleibe. Dione genannt. Nach einem Mond des Saturns. Einer der wenigen mit einem Frauennamen.«

Sie traten ein.

Wow! Das Innere des Dionenmondes war viel geräumiger, als es von außen wirkte. Und es war gemütlich. Ja, unglaublich gemütlich sogar. Ein Feuer flackerte hinter der Scheibe eines zierlichen, gusseisernen Ofens und warf seinen warmen Schein auf bunte Teppiche und große gemusterte Sitzkissen.

»Ist das schnuckelig hier! Superschnucklig sogar! Ich nehme das grüne Bett!« Gina tänzelte auf eines der schnörkeligen Eisengestelle mit Nomadendecke zu, die ringsum an den gebogenen Wänden angeordnet waren. Penelop beeilte sich, das Bett neben der Freundin zu ergattern, und raunte ihr zu: »Ja, es ist schnucklig, aber ein Gino sagt so was nicht!!!«

Gina seufzte, und etwas anderes ächzte. Auf das Bett, nahe dem Eingang, war plötzlich Sanan geplumpst.

»Frau Mandras sagte, ich solle auch hier wohnen«, teilte sie Herrn Aegir mit.

Er sah sie verdutzt an.

»Oder ist das gar nicht Dione?«, fragte sie.

»Darfst du denn einfach bleiben?« Gina zog die Augenbrauen hoch.

Sanans Blick wanderte zur gewölbten Decke des Mondes, als stünde dort die richtige Antwort geschrieben.

»Das Camp ist nur für Jungen!«, knurrte Thelonius, und Penelop hätte ihn am liebsten erwürgt.

Sanan aber schien gefunden zu haben, was sie gesucht hatte. »Doktor Titus meinte, es sei lediglich nicht für Mädchen. Also könne ich bleiben. Er würde das regeln.«

Thelonius sah sie verständnislos an und ließ seinen

Rucksack auf den Teppich sacken, aber Mo rief: »Super, ich freue mich, dass du dableibst«, und Penelop grinste Sanan zu.

»Gut«, räusperte sich Herr Aegir. »Ja, also ähm, ich freue mich, dass euch der Mond zu gefallen scheint.« Er fuhr sich durch seinen Bart. »Jedenfalls dieser sichtbare Teil.«

»Es gibt noch eine andere Seite?«, rief Gina.

»Teil. Hälfte. Seite. Wie auch immer. Ja, es gibt sie. Sie ist versteckt, wie die des Mondes am Himmel bei Halbmond auch. Wenn er uns leuchtet, sehen wir eine Seite und wissen dabei um den anderen Teil. Vorhanden, doch in der Dunkelheit verborgen. So ist das auch hier in der Dione. Kommt mal. Wir bringen Licht ins Dunkel.« Herr Aegir federte zur Rückwand. Die Kinder schoben sich neugierig neben ihn, und die Finger des Lehrers betätigten irgendetwas oben am Ofen. Licht ging dabei keines an.

Aber Hilfe!

Penelop kam es so vor, als kippte sie nach hinten. Ein Schwanken im Kopf, schwarz vor Augen und dann …

Sie standen immer noch an derselben Stelle. Nur waren die Betten, die Teppiche und ihr Gepäck verschwunden. Eine Badewanne mit Löwenfüßen war aus dem Boden gewachsen, in einem perlmuttschimmernden Waschbecken plätscherte lieblich ein wenig Wasser.

»Entzückend!«, rief Gina.

»Wahnsinn!«, kam es von Mo. »Wir haben ein eigenes Bad. Und noch dazu so eines!«

Sanan neigte den Kopf.

»Wir befinden uns nun in der anderen Hälfte«, klärte Herr Aegir die Kinder auf.

Sanan legte ihren Kopf auf die andere Seite, als lausche sie. Dann blickte sie zu Boden, dann nach oben.

»Hat es uns denn auf den Kopf gedreht?«, wollte Penelop wissen. »Sind wir unter der Erde?«

Herr Aegir kratzte sich am Bart. »Ehrlich gesagt, ich weiß es nicht. Alpha Regius hat diese Monde seinerzeit mit Erdzauber kreiert. Negativzauber. Wer weiß, wo wir aufgetaucht sind.«

»Und wo bitte ist das Klo?«, grunzte Thelonius als Einziger völlig unbeeindruckt.

»Wir verfügen unweit des großen Baumes über einen extra Mond dafür. Hier in den Schlafmonden wurden die Toiletten entfernt. Es gab aufgrund der aufwendigen Einrichtung oben – oder sollte ich sagen unten oder hinten – immer wieder Pannen. Wenn ihr wisst, was ich meine«, lachte Herr Aegir. Penelop wusste nicht ganz, was er meinte, und das wollte sie auch gar nicht.

»Und jetzt sollten wir schleunigst wieder zum Baum.« Herr Aegir brachte sie *kipp-schwank-schwarz* zurück in den Schlafraum. »Ich esse nicht gerne kalt.«

Draußen war es bereits dunkel. Unter dem Baumriesen waren Laternen angezündet. Sie setzten sich auf die weißen Felsenhocker, und die jahrhundertalten Äste mit ihren unzähligen Zweigen wölbten sich über sie wie eine schützende Burg.

Juno schlenderte mit einem Krug Brauselimonade zwischen ihnen umher. Gian schleppte schwere Schüsseln mit buttergelben Knödeln heran. Jasper kam mit einer silbernen Kanne, um sie mit duftender Soße zu begießen.

Penelop lief das Wasser im Mund zusammen. Aber leider war sie dann nach einem Knödel schon satt. Sie hätte gerne endlos davon gegessen, so weich und wärmend waren sie.

»Albruna, ich hau mich hin«, brummte Mortenius bald. »Aber keine Angst, vorher weise ich unsere Zöglinge noch in unsere Abortsituation ein.« Frau Mandras nickte bemüht.

Abortsituation?

Das klang ja widerlich.

Außerdem schwappte Penelop nun die Jungstoilette ihrer Schule in den Sinn. Auf der waren ihre Freundin Anna-Lea und sie einmal während des Schulfests gewesen, weil alle Mädchenklos belegt und weit und breit kein männliches Wesen in Sicht gewesen war. Zahlreiche Pinkelbecken hatte es dort gegeben. Aber nur eine Toilette zum Hinsetzen und mit Sichtschutz zum Absperren.

Mit kleiner Beklemmung im Bauch zockelte Penelop also hinter Mortenius' Trupp her. Gina in gleichem Zustand dicht neben sich.

Von außen glich der Klomond den übrigen. Und innen glich er dem Äußeren. Das hieß also, dass er nicht so geräumig war. Und dasselbe goldbraune Gras wuchs auch hier drinnen. Sonst war der Mond leer. Nur ein einsames weißes Klo stand etwas verloren in der Mitte herum. Sanan schien das zu gefallen, aber Gina stand das Unbehagen zentimeterdick im Gesicht.

»Nur ein einziges Klo? Für alle?«

»Keine Angst«, beruhigte sie Jasper. »Sobald du dich draufgesetzt hast, beginnt die Kippung, und dein Nachfolger findet wieder einen leeren Mond vor.«

»Während ich unter ihm sitze?«, fragte Gina ein wenig erschrocken.

»Unter ihm, neben ihm, vor ihm, wer weiß das schon?«, lachte Jasper, und auch Penelop musste kichern.

»Jedenfalls hinsetzen, hört ihr?«, raunzte Mortenius dazwischen. »Es wird nicht im Stehen gepinkelt! Sonst funktioniert die Kippung nicht, und draußen entsteht eine Warteschlange bis zum Baum. Solange ihr auf dem Klo sitzen bleibt, so lange bleibt eure Seite des Mondes für die restliche Welt sozusagen im Dunkeln. Ihr könnt nun Gebrauch davon machen. Das System funktioniert bis an die zehnmal.«

»Gehen wir zu zweit?«, flüsterte Penelop Gina zu.

»Also wirklich, Perry!«, kicherte die Freundin zurück. »Ich glaube nicht, dass Jungs das machen!«

Und dann war auch diese Angelegenheit endlich erledigt. Der lange Tag war zu Ende und geschafft. Überall im Camp streckten sich Kinder in ihren Monden aus, und auch Penelop räkelte sich behaglich unter der bunten Decke auf ihrem Bett. Sie gähnte die Eindrücke des Tages davon. Die Aufregung, was der kommende Tag bringen mochte, ließ sich nicht ganz weggähnen. Doch sie fiel trotzdem bald mit einem Lächeln in den Schlaf.

# 20
# Tränen, Titus, Taschentücher

Ein Wimmern durchzitterte die Dunkelheit. Penelop hörte es bis in ihren Traum hinein. Jemand schluchzte. Sie wurde wach, konnte kaum sehen im dunklen Mond. Das Weinen kam aus der Richtung des Eingangs, wurde mal leiser, mal lauter. Penelop wartete, aber irgendwann hielt sie es nicht mehr aus.

»Mo?«

Es kam nur Schniefen als Antwort.

Da tappte sie lautlos über die Teppiche und tastete sich zu Mos Bett, zu einem kleinen bebenden Jungenkörper.

»Mo?«, flüsterte Penelop abermals. »Was ist denn? Hast du Heimweh?«

»Nein«, schluchzte Mo. »Ich bin, ich habe, ich, Mia …«

Den Rest des Satzes konnte Penelop nicht verstehen, so sehr krampfte sich Mos Stimme nun zusammen. Vorsichtig tastete sie nach seinem bebenden Rücken. Sie sprach nichts mehr, streichelte den kleinen dünnen Jungen nur, blieb anwesend und wartete. So machte es ihre Mutter auch immer. Tief atmete Penelop aus. Es war der uralte Zauber des Tröstens, und er war nicht so leicht auszuhalten. Doch dann spürte Penelop, wie sich etwas in ihr mit Mo verknüpfte und er unter ihrer Hand allmählich ruhiger wurde.

»Ich vermisse Mia«, brachte er nun hervor. »Meine Zwillingsschwester. Sie durfte ja nicht mit. Und ich wollte mich deswegen auch wieder abmelden, aber Mia sagte zu mir: ›Geh, Mo, geh und lerne für uns beide. Und nach dem Camp, da bringst du mir alles bei‹.«

»Ah«, machte Penelop.

»Wir sind erst vorige Woche elf geworden. Die ganzen letzten Monate haben wir gefiebert, wann es endlich wieder ein Training gäbe. Und jetzt bin ich hier allein. Und fühle mich so halb und vermisse sie so, dass ich bestimmt von dem ganzen Unterricht nichts mitbekomme.«

Penelop wusste nicht, was sie sagen sollte. Sie merkte nur wieder, wie sie wütend wurde auf dieses verfluchte Mädchenverbot. Aber Wut war jetzt absolut nicht hilfreich, das war klar. Aus Thelonius' Richtung erklang ein lauter Schnarcher, und Sanan wälzte sich auf dem knarzenden Bett einmal um und dann wieder zurück.

»Dabei hätte Mia einfach herkommen können. Sanan wurde auch nicht weggejagt«, schluchzte Mo.

»Mo«, flüsterte Penelop. »Auch wenn du Mia vermisst, ich finde, sie hat recht. Du wirst morgen für euch beide lernen, und deshalb wirst du doppelt so gut sein, nicht halb.«

»Ich weiß nicht«, antwortete Mo. »Ich bin so traurig.« Dann schwiegen sie eine Weile.

»Morgen ist es vielleicht schon ein bisschen anders, wisperte Penelop irgendwann.

»Meinst du?« In Mos Stimme schwang jetzt ein wenig Hoffnung mit.

»Natürlich. Ich gehe jetzt wieder, lass uns schlafen, ja?«

»Okay«, flüsterte Mo.

Penelop schlich zurück in ihr Bett.

»Perry?«, kam es nach einer Weile noch mal von drüben.

»Hm?«

»Danke.«

»Schon gut.« Wie gerne hätte Penelop Mo anvertraut, dass sie kein Perry war. Sie fühlte sich ihm gerade so nahe. Doch sie unterdrückte das Bedürfnis. Denn sie hatte mit ihrem Vater ausgemacht, niemandem im Camp etwas vom Fliegen oder vom Mädchensein zu verraten.

Tags drauf, nach dem Frühstück, kündigte ein tiefer goldener Gong den Unterrichtsbeginn an. Frau Mandras verschwand mit einem Schwung Jungen in Richtung Wald. Herr Aegir joggte mit seiner Gruppe, in der auch Gian war, zu irgendeinem speziellen Platz, und Penelop, Gina, Juno und etliche andere folgten Doktor Titus, dessen Gehstock durchs Geröll klickte. Sie kamen in eine Senke, in der ein schmaler und sehr langer türkisblauer See in der Sonne glitzerte.

»Nehmt Platz, Kinderlein!«, gebot Doktor Titus. Er wirkte so gebrechlich, die Samtmütze, die er heute trug, war komisch, und er sprach wirklich seltsam. Aber das hinderte ihn nicht daran, plötzlich von Autorität umlodert zu sein und die Kinder in seinen Bann zu ziehen.

»Mo Matuschek, wo fliegst du hin mit deinen Gedanken? Hast du ein Mädchen im Kopf? Das kann ich verstehen, aber Kindlein, ich sage es dir einmal und dann nicht wieder! Hier ist nicht nur körperliche Anwesenheit gefragt.«

Mo schluckte und verdrängte Mia aus seinen Gedanken.

»Äh ja, ich bin schon da, Herr Titus.«

»Sprecht mir nach! Julian und alle, die schon etwas Technik beherrschen, wirken bitte gleich unterstützend mit.«

Es folgten fremdartige Zischlaute. Dann As und Os und flatterndes Zungenschlackern, bei dem die meisten kichern mussten.

»Sehr gut, Kinderlein, sehr gut!«, lobte der Doktor verschmitzt. »Und nun das Ganze von vorne und ein wenig hurtiger!«

Alle gaben sich die größte Mühe. Aber einfach war es nicht. Bald schmerzte ihnen der Gaumen. Doktor Titus jedoch schien gerade erst warmzulaufen.

»Gut, gut, guuut und nun steigern wir. Doppelt so

schnell, bitte. Sehr gut, ja, und dreimal so schnell bitte. Sehr gut, weiter und schneller werden! Ihr macht das prima, Tempo, Tempo.«

Die meisten gerieten ins Straucheln. Sanan war schon lange ausgestiegen. Und auch Penelops Zunge weigerte sich und wurde schwer wie ein Sack voller Kröten. Die Sonne stand jetzt hoch und stach ihnen auf die Köpfe, was die Sache auch nicht gerade erleichterte.

»Stellt euch hin, Kinderlein. Stellt euch vor«, rief der Doktor frohgemut und stampfte mit dem Gehstock auf die Steine, als müsse er dem Boden einen geheimen Takt eingeben. »Stellt euch vor, dass die Kraft für die Geschwindigkeit aus der Erde kommt. Ihr saugt sie durch eure Füße ein, zieht sie in eurer Mitte hoch und schießt sie aus dem Munde hinaus!«

Das war hilfreich. So ähnlich machte Penelop es ja auch immer, um fliegen zu können. Aber als Doktor Titus die nächste Steigerung verlangte, entstand das Chaos erneut, und Penelop musste an die Bonbons denken, von denen Gian und Juno im Zug erzählt hatten. Wenn sie die besäßen, hätten sie die Tortur hier in null Komma nix gemeistert.

»Wofür soll das Ganze eigentlich gut sein?«, wagte plötzlich Franz, ein Junge mit Sommersprossen und Zahnspange, zu fragen.

»Oh! Was ist das für eine Frage, Kindlein?« Der Doktor sah aus, als hätte Franz ihm die Innereien zusammengeknotet. »Schnell sein können bedeutet natürlich, die Langsamkeit erschaffen zu können. Wir benutzen die Gegenkräfte.«

»Verstehe ich nicht«, murmelte Sanan.

»Das wäre bei dir ja auch ein Wunder«, grunzte Thelonius abfällig.

Sofort spürte Penelop, wie der Ärger durch ihren ganzen Körper schoss. *Halt deine arrogante Klappe,* wollte sie zischen, doch Doktor Titus war schneller. Er stand mit einem Mal dicht vor Thelonius.

»Kindlein, ich sage es dir einmal und dann nie wieder. Noch so ein Ausspruch und du warst das letzte Mal in meinem Unterricht!«, wisperte er drohend, dann wandte er sich abrupt ab, um sich mit seiner knotigen Hand die Stirn zu tätscheln.

»Ich bin ein seniler Tattergreis! Ich habe meine Demonstration vergessen. Kein Wunder, dass die Kinderlein solch merkwürdige Fragen stellen. Verzeihung, Verzeihung.« Leise stöhnend klaubte er einen Stein auf und humpelte auf Gina zu.

»Gino, mein Junge, du guckst so wurffreudig. Wirfst du mir bitte diesen Kiesel über den See? Ich selbst habe nicht mehr genug Kraft für so etwas.«

»Werfen? Äh.« Gina stieg die Röte ins Gesicht. »Bis über den See?«

»Klarer Fall von Assistentenjob«, rief Juno, und mit einem sausenden Geräusch schleuderte er auch schon einen großen weißen Stein übers Wasser, der drüben in die Büsche schlug.

»Danke, Julian. Bitte gleich noch einen«, rief Doktor Titus. »Und nun Kinderlein, gebt gut acht, was der Doktor Schönes macht.«

Pfeilschnell zog Junos zweiter Stein durch die Luft. Noch schneller aber raste eine lange Lautreihe aus Doktor Titus' Mund hinaus. Sie traf den Stein in der Mitte des Sees, das Geschoss stoppte, strudelte und flog dann sehr gemächlich weiter. Eine ganze träge Minute verstrich, ehe der Stein das andere Ufer erreichte und dort gemütlich einen Zweig streifte und noch einen und einen dritten, um dann – viel langsamer als durch Wasser – in den Büschen zu versinken.

»Schnell sein, um Langsamkeit zu erschaffen«, kicherte Doktor Titus. »Manchmal kann das sehr hilfreich sein. Nachher üben wir weiter, und jetzt, Kinderlein, machen wir eine Mittagspause. Ich bin etwas müde, ich mache mich schon mal auf den Weg zum Baum. Bleibt ruhig noch ein wenig hier, werft ein paar Steinchen und beobachtet sie genau.« Er machte sich davon, und sie konnten noch hören, dass er hoffte, dass es heute wieder Knödel gab, die seien so schön weich, die könne er gut beißen.

Penelop und die anderen blieben zurück. Sie waren beeindruckt. Ein wildes Durcheinanderplappern entstand.

»Krasser Typ« »Was der kann! Sollte man gar nicht meinen.« »Ob wir es auch mal so weit bringen?«

»Der Unterricht hat mir unglaublich gefallen«, schwärmte Sanan verträumt und griff nach einem Stein. Anscheinend machte es ihr nichts aus, dass sie kaum mitgekommen war. »Doktor Titus' Laute klingen bestrickend. So schön, wie dieser Stein hier glatt ist. Sie erinnern mich an meine ersten Babylaute.«

»Daran kann man sich doch gar nicht erinnern«, meinte Gina, aber Sanan erwiderte nur: »Warum nicht? Ich erinnere mich so gerne daran.« Dann warf sie den Stein ins Türkis des Wassers, welches sich ringförmig ausbreitete und in sachten Wellen ans gegenüberliegende Ufer schwappte. Mo tat es ihr nach. Bald begannen sie alle, Steine ins Wasser zu werfen oder zu pfeffern, oder sie ließen besonders flache Exemplare über die Oberfläche springen und lachten dabei. Nur Thelonius schleuderte seine Geschosse immer ganz über den See hinweg. Er konnte noch viel weiter werfen als Juno, und anscheinend musste er das auch allen zeigen.

Gina fand einen bläulichen Stein. Den wollte sie nicht versenken. Sie steckte ihn sich in die Hosentasche und verzog plötzlich angewidert das Gesicht.

»Igitt!«

»Was ist denn?« Penelop hielt in ihrem Wurf inne, und Gina beförderte einen weiß-gelblichen Lappen ans Tageslicht. Sie trug dieselbe Hose wie am Tag zuvor. »Gian ist echt ekelhaft«, zeterte sie. »Er muss mir heute Morgen beim Frühstück sein vollgerotztes Taschentuch in die Hosentasche geschummelt haben. So ein Idiot! Der kann was erleben!«

Penelop ließ ihren Stein sinken und verzog den Mund.

»Warum sollte Gian so was machen?«

»Er ist mein Bruder! Reicht das als Antwort?«, giftete Gina und wusch sich die Hände im seichten Uferwasser. Sie hatte keine Lust mehr auf Steinbeobachtungen, sie stapfte los in Richtung Camp. Penelop folgte ihr und wunderte sich über Gian. Jemanden ein schleimiges Taschentuch unbemerkt in die Hose zu stopfen, wie sollte das gehen, und außerdem war es ein echt merkwürdiger Streich.

## 21
## Noch mehr Taschentücher

Nach dem Mittagessen hatten sie Pause. Thelonius war mit Franz zum Metismond geschlappt. Mo und Sanan wollten noch einmal zum See, und Gina begab sich auf die Suche nach Gian. Um ihn zur Rede zu stellen. Penelop begleitete die Freundin nicht. Sie wollte die Chance, dass alle unterwegs waren, nutzen. Sie hatte festgestellt, dass sie nicht mehr gerade nach Rosen duftete und es höchste Zeit war, die Dusche aufzusuchen.

Bevor sie den Eingang des Dionenmonds öffnete, sah sie sich nach allen Seiten um. Niemand war im Anmarsch. Gut. Sie würde ganz schnell machen, und keiner würde etwas sehen.

Aus ihrem Rucksack zerrte sie sich frische Klamotten

und ein Handtuch und begab sich hinter den gusseisernen Ofen, um die Kippung zur Badmondseite in Gang zu setzen. Der komische Schwindel kam umgehend. Das Schwarz vor Augen ebenfalls, und dann fand Penelop sich im Bad wieder.

Nanu? Hatte jemand das Wasser an der Löwenfußbadewanne nicht abgedreht? Die plätscherte ja munter vor sich hin. Nein, nicht vor sich hin, über jemanden. Dort duschte einer! Penelop konnte zwar niemanden sehen, aber das Duschwasser brauste doch ganz deutlich auf einen Körper. Es teilte sich in der Mitte, lief um etwas Großes herum und perlte auf den Wannenboden.

»Zum Teufel, Perry!« Thelonius' Stimme ließ Penelop zusammenfahren. »Wie lange stehst du da schon? Verzieh dich, und wehe, du sagst irgendjemandem, was du gesehen hast!«

Gar nichts hatte Penelop gesehen. Nichts und niemanden. Aber das war wohl gerade das, was Thelonius meinte und ärgerte. Ohne ein Wort zu erwidern, schwang Penelop herum und kehrte – *kipp-schwindel-schwarz* – in den Schlafmond zurück. Nachdenklich setzte sie sich auf ihr Bett.

Wenig später tauchte ein frisch geschniegelter und gestriegelter Thelonius hinter dem Ofen auf. Er war so von Männerduschgelduft umnebelt, dass Penelop beinahe noch mal schwindlig wurde.

»Du weißt von nichts. Verstanden?!«, knurrte er und stopfte etwas in den schicken Rucksack unter seinem Bett.

»Reg dich ab. Und tu nicht so wichtig«, gab Penelop zurück. »Und überhaupt, von was soll ich bitte nichts wissen?!«

»Dass ich ein Anti-Eye benutzt habe.« Thelonius zog sich seine schwarzen Turnschuhe an. »Die Dinger sind hier ja absolut verboten. Wie Refillsticks und alle andere Technik auch.«

»Du hast ein Anti-Eye?« Penelop brachte es nicht fertig, weiterhin pampig zu sein. Ihre Augen begannen zu blinken. »Darf ich es mal sehen?«

»Weil du's bist.« Mit gönnerhaftem Grinsen hielt Thelonius ihr seine kleine Zauberdose hin. Penelop nahm sie entgegen und starrte auf ein betörend verschnörkeltes Silbermuster und einen smaragdgrünen Mittelknopf. Sie wusste, wenn sie jetzt auf den Knopf drückte, würde sie unsichtbar werden.

»Ich hatte auch einmal ein Anti-Eye«, flüsterte sie andächtig. »Das hatte mir Gina geschenkt. Gian hatte es ihr von einem Seminar aus England mitgebracht. Aber das Ding war schon ein wenig kaputt. Das Unsichtbarsein hielt immer nur für zehn Sekunden, und man wurde komplett heiser davon.«

»Ist Gina die Schwester der Meißner-Brüder?«, erkundigte sich Thelonius.

»Was? Gina? Äh, ja, die kleine Schwester«, log Penelop hastig und hätte sich am liebsten ihre Unbedachtheit zurück in den Mund gestopft. Hastig gab sie das Anti-Eye zurück und schlug wieder einen herausfordernden Ton an.

»Und warum brauchst du das Ding beim Duschen? Soll das Wasser dir nichts weggucken, oder wie?«

»Das Wasser wohl kaum«, schnaubte Thelonius. »Aber der Fettklops. Schließlich kann man den Badmond nicht so verriegeln wie die Toilette.«

»Welcher Fettklops?«, fragte Penelop verdutzt.

»Sanan natürlich. Auch wenn man jetzt hier vielleicht so tut, als sei es anders, sie ist doch ein Mädchen! Ein Mädchen, das die Frechheit hat, trotz des Verbots hier aufzulaufen. Dass da nicht sofort Konsequenzen folgen, find ich echt armselig. Jedenfalls habe ich keine Lust, dass der Klops mich anglotzt, wenn ich unter der Brause stehe. Falls dir das genauso geht, leihe ich dir mein Anti-Eye gerne aus. Ich stecke es hier rein.« Er wies auf die Seitentasche des Rucksacks.

»Spinnst du?! Redest du immer so abfällig über andere?«, fragte Penelop schroff, aber ehe Thelonius antworten konnte, erscholl ein: »Kleine Planänderung!«, und Herr Aegir wippte in den Mond.

Hastig ließ Thelonius das Anti-Eye in der Seitentasche verschwinden.

»Unser betagter Doktor Titus«, teilte ihnen Herr Aegir mit, »fühlt sich leider zu schwach für den Nachmittagsunterricht. Also schließt sich eine Hälfte von euch Frau Mandras' Gruppe an und geht toxische Gewächse auskundschaften. Die andere wechselt zu mir ins Körpertraining. Heute ist Bogenschießen angesagt!« Er nickte ihnen zu und war auch schon wieder verschwunden. Dafür rauschte nun eine aufgebrachte Gina ins Dioneninnere.

»Gian behauptet, er hätte absolut nichts mit dem Taschentuch zu tun!«, schimpfte sie. »Aber ich glaub ihm das nicht!«

»Warum nicht? Es kann doch genauso gut jemand anderes gewesen sein«, erwiderte Penelop und strich der Freundin leicht über den Arm. »Reg dich nicht so auf.«

»Und ob ich mich aufrege! Sieh doch, hier ist schon wieder eins.« Gina zupfte einen durchtränkten weißen Fetzen aus ihrer Hosentasche und ließ ihn hastig auf den Teppich fallen.

»Hey«, grunzte Thelonius angeekelt. »Heb das wieder auf! Wir haben hier schließlich keinen Aufräumzauber im Mond.«

Gina war zu fahrig, um auf ihn zu achten. Außerdem spürte sie, dass bereits ein neues Tuch ihren Oberschenkel durchfeuchtete. Mit spitzen Fingern zog sie es hervor, da kam noch gleich eins mit und noch eins.

»Ich gehe mal lieber. Das ist mir zu ekelig hier.« Thelonius verließ das Quartier, und im selben Augenblick erscholl der tiefe Gong für den Nachmittagsunterricht.

»Zieh dir schnell eine andere Hose an«, drängte Penelop. »Heute Abend reden wir noch mal mit Gian, obwohl ich echt nicht glaube, dass er dahintersteckt. Er wäre doch nicht mal ohne dich ins Camp gefahren. Das hat er zu mir am Telefon gesagt.«

Gina beeilte sich, eine Jeans aus dem Rucksack zu wühlen und sich der verwünschten Taschentuchhose zu entledigen.

»Juno!«, entfuhr es Penelop plötzlich.

»Was?« Gina zog hektisch die Hose hoch und sah zum Eingang.

»Nein, ich mein Juno war das alles!«, erläuterte Penelop.

»So ein Unsinn! Wieso sollte er?« Gina bekam rote Flecken vor Empörung. »Das würde Juno niemals tun! Dazu ist er viel zu edel.«

Penelop kicherte, und es gongte ein zweites Mal.

»Nicht mit Absicht natürlich. Er kannte dich zu dem Zeitpunkt noch gar nicht.«

»Wieso Zeitpunkt? Was für ein Zeitpunkt?«, fragte Gina verdutzt, doch dann begann auch sie zu kichern. »Warum haben wir das nicht gleich kapiert? Das ist ja die Hose, gegen die Juno damals den Refillstick geschnipst hat.«

»Und was ist das?« Penelop hatte aufgehört zu kichern und hob etwas auf, das mit den Taschentüchern aus der Hose gequollen war. Etwas Kleines, Glänzendes. Ein Bonbon in grünglasiger Folie!

»Das packen wir lieber schnell wieder weg!«, entschied Gina ein bisschen erschrocken. Denn sie hatte gleich begriffen, dass die Süßigkeit Gians verlorengeglaubtes Zungenbeschleunigungsbonbon war. »Wir lernen von Doktor Titus schließlich gut genug, wie das mit den Schnell-Sprech-Flüchen funktioniert.« Gina schnappte Penelop das Bonbon aus der Hand und stopfte es in die Hose zurück und die Hose in den Rucksack und den Rucksack unters Bett, und dann konnten sie endlich zum Nachmittagsunterricht.

## 22
## Entdeckungen

Der Bussard landete gerade im Wipfel des Baumes. Herr Aegir war mit seiner Gruppe schon aufgebrochen. Mortenius fegte mit einem riesigen Reisigbesen an der Borke des Baums herum, und Frau Mandras schritt zwischen den Sitzfelsen umher. Sie warf Gina und Penelop einen vernichtenden Blick zu.

»Ich wiederhole noch einmal, denn anscheinend nehmen es hier einige mit der Pünktlichkeit nicht so genau: Für das Herausziehen der Runwurzel verwendete Alpha Regius eine Schnur!«

Dann folgte ein zäher Vortrag über Alpha Regius' spezielle Erntemethoden und wie er sie revolutioniert hatte und was er davor gemacht hatte und vor davor und vor …

Penelop hatte Mühe, nicht einzuschlafen. Eigentlich interessierte sie sich sehr für Alpha Regius. Doch Frau Mandras vergötterte den Meister gerade zu. Sie erzählte jede Kleinigkeit wie ein kostbares Geheimnis. Es war nicht zum Aushalten. Irgendwann hielt die Lehrerin ein altertümliches Netz in die Höhe.

»Alpha Regius sammelte seine Kräuter stets in einem Spannsack! Wir tun es ihm nun nach und brechen auf!« Begeistert marschierte sie unter dem Baumriesen hinaus. Die Schülerschar folgte ihr ein wenig schleppend. Es ging durch das rote Buschwerk hindurch. Immer weiter, hinauf zu den Bäumen.

Im Wald wurden sie in Vierergruppen eingeteilt und waren froh, nicht weiter den ausführlichen Schilderungen lauschen zu müssen.

Gina verschwand bereits mit drei Jungen aus dem Metismond zwischen den Baumstämmen. Penelop wurde mit Mo, Sanan und Franz losgeschickt, um ein silberweißes Kraut zu finden. Eine Zutat für Alpha Regius' erstes Heilserum, das sie morgen versuchen sollten zu brauen. Wahrscheinlich in einem nach Alpha Regius benannten Kochtopf.

Sie streiften nebeneinander einen Hohlweg entlang. Rechts und links hing Wurzelgeflecht über sandgraue Felsen. Die Sonne malte Lichtflecke auf die braunen Blätter am Boden, und eigentlich war es sehr schön hier. Doch Franz stöhnte:

»Ich habe echt Kopfweh! Dieses ganze Gequassel. Gibt's

auch ein Serum fürs Überleben in Frau Mandras' todlangweiligem Unterricht?«

Mo kicherte. »Wir könnten es mit der Gänseblümchensuppe versuchen«, rief er. »Die hat Alpha Regius ja anscheinend immer im Kindergarten gekocht.«

Penelop grinste, und Sanan lachte leise. Dann hob sie bedächtig ein welkes Blatt vom Boden auf, drehte es am Stiel und murmelte:

»Wahrscheinlich würde Frau Mandras nicht solch einen Kult um Alpha Regius machen, wenn er noch am Leben wäre.«

»Dann müssen wir uns bei diesem Gowinder beschweren!«, meinte Franz.

»Was?« Penelop glaubte sich verhört zu haben.

»Na Gowinder, oder wie er hieß, der hat seinen Meister doch damals abgemurkst«, erläuterte Franz unbedarft und schlug mit einem spitzen Stock gegen die hängenden Wurzelfasern.

Penelop war wie gelähmt. Auf so was war sie nicht vorbereitet gewesen. Sie bekam kaum noch Luft. Erzählte man sich das unter ihresgleichen? Dass ihr Vater ein Mörder war?!

»Gowinder war fähiger als sein Meister«, fuhr Franz fort. »Trotzdem hatte er keine hohe Stellung. Das hat ihm wohl nicht in den Kram gepasst, meint meine Mutter.«

Wenn Franz Penelop seinen Stock mitten ins Herz gerammt hätte, es hätte weniger weh getan. Ihr Mund ging auf, doch es kam kein Ton heraus.

»So ein Quatsch!« Sanan schob sich gemütlich voran. »Meine Eltern waren mit Leopold Gowinder befreundet, und er hatte sicherlich nichts mit dem Tod seines Lehrers zu tun. Sie glauben eher, dass das die Leute des *Goldenen Kondors* waren.«

»Und meine Eltern«, berichtete Mo eifrig, »denken, dass der *Goldene Kondor* damals sowohl Alpha Regius als auch Herrn Gowinder getötet hat.«

»Okay, okay, beschweren wir uns einfach bei allen!«, lachte Franz. »Hey, kuckt mal, ist das nicht das Kraut, das wir suchen sollen?« Er tippte mit dem Fuß gegen ein kleines silbrig weißes Gewächs am Boden. Sanan wiegte den Kopf.

»Zu wenig Zacken an den Blättern.«

»Und das hier?« Mo wies auf ein weiteres.

»Nicht rund genug. Und es hat keine Härchen an der Unterseite«, sah Sanan sogleich.

»Was du dir alles gemerkt hast!«, bewunderte sie Mo.

»Mir etwas zu merken fällt mir nicht so schwer«, gab Sanan bescheiden zurück.

»Hey Perry? Was ist?«, wandte Franz sich jetzt zu Penelop um. »Pennst du? Wir müssen weiter, komm.«

Penelop schluckte und setzte sich wieder in Bewegung. Es hatte ihr gutgetan, dass Sanan ihren Vater verteidigt hatte. Und auch dass Leopold mit den Elwings anscheinend befreundet gewesen war. Trotzdem fühlte sie sich innerlich zittrig. Sie war froh, dass sie eine Weile schweigend dahinstreiften.

Irgendwann mündete der Hohlweg auf eine sonnige Wiese. Penelop wäre gerne hiergeblieben, doch die Pflanze, die sie finden sollten, wuchs nur neben Bäumen. Als sie wenig später wieder in den Wald gelangten, zuckte ihnen plötzlich allen der Nacken, und ein Schauer rieselte ihnen das Rückgrat entlang.

»Hier ist jemand in der Nähe«, flüsterte Mo erschrocken.

»Du brauchst doch nicht zu flüstern«, brummte Franz. »Hier sind andauernd welche von uns. Schon vergessen? Die anderen suchen doch auch Kräuter.«

»Ja, aber ich dachte weiter drüben«, gab Mo immer noch flüsternd zurück. Und weil Franz das einsah, schwieg auch er.

Kurz darauf knackten Zweige. Die vier verbargen sich hastig zwischen ein paar Büschen und vergaßen völlig, dass jeder, den sie spürten, sie ebenfalls spürte.

Dem anderen war das einerlei. Henry, ein Junge aus dem Metismond, kam zwischen den Bäumen durchgefetzt und sah hektisch hinter sich. Er musste so dringend pinkeln, dass er alles andere ausblendete.

Er riss seine Hose hinunter und kauerte sich auf den Boden. Es plätscherte.

»Henry, wo bleibst du?!!!«, war Jaspers von fern rufende Stimme zu hören. »Wir haben alle Kräuter beisammen. Komm, es wird bald dunkel!«

Henry riss die Hose auf die Hüften zurück und stolperte so schnell davon, wie er aufgetaucht war.

Franz prustete laut los. »Der pinkelt sogar draußen im Sitzen!« Er japste so, dass er einen Schluckauf bekam.

Mo und Penelop waren von dem eben Gesehenen ziemlich baff. Aber noch verblüffter waren sie nun von Franz, der das Offensichtliche nicht begriff. Henry war kein Henry. Ein kurzes Grinsen huschte über Mos und Penelops Gesicht. Kaum merklich zwinkerten sie sich zu, und Penelop dachte: Gina und ich sind also nicht die Einzigen.

»Ich habe sie gefunden! Wir können uns auf den Heimweg machen!«, rief Sanan. Sie hatte die ganze Zeit mit den Augen den Boden abgesucht und hielt nun einen weißsilbrigen Blättertrieb zwischen ihren Fingern. Sie richtete sich auf und stampfte auch schon los.

Die anderen folgten ihr. Franz entwich auf dem Rückweg noch zweimal ein *Hicks*, sonst schien er nicht mehr mit dem kauernden Henry beschäftigt zu sein, und Penelop war froh darüber. Nicht dass er das Ereignis noch an die große Glocke hängte.

Froh war Penelop auch, als sie endlich das Camp erreichten. Sie war sehr müde. Alles in ihr sehnte sich ins Bett. Dieser erste Tag war prallgefüllt gewesen mit Neuem. Es war eigentlich erstaunlich, dass dermaßen viel überhaupt in einen Tag hineinpasste.

Im Bett liegend fand Penelop jedoch nicht gleich in den Schlaf. Es war stockfinster, aber vor ihrem inneren Auge strudelten die Ereignisse durcheinander.

Doktor Titus' verschmitztes Gesicht blitzte auf. Dann Junos langsam trudelnder Stein. Ginas Hand, aus der ein grünglasiges Bonbon hervorfiel und noch eins und noch eins … Thelonius klickte mit seinem Anti-Eye verächtliche Worte über Frauen und Mädchen in den Raum, aber sie gingen unter in einem Teich aus glühender Alpha-Regius-Verehrung. Henry beschwerte sich, dass man ihm die Hose gestohlen hätte, und Franz erzählte allen, die es hören wollten, dass Penelops Vater gefährlich sei, gefährlich, gefährlich … Penelop drehte sich auf die Seite. Mo seufzte im Traum, Sanan schnarchte leise, und auch Penelop schlief nun ein.

## 23
## Trübsinn

In den nächsten Tagen breitete sich der Frühling in den Bergen aus. Das leise Trillern der Vögel durchwob jeden Morgen wie rosa Licht, und die Luft war klar, warm und sanft.

In Penelop war es nicht ganz so warm, und das hatte mehrere Gründe. Genauer gesagt: drei.

Der erste war Doktor Titus. Nur einmal noch hatten Gina und sie bei ihm lernen dürfen. Der alte Herr fühlte sich des Nachmittags zu schwach. Und des Vormittags häufig auch. Dabei war er der Einzige, dessen Unterricht Penelop etwas sagte. Frau Mandras verlor sich regelmäßig im Früher und in den Wundern, die Alpha Regius vollbracht hatte. Herr Aegir war schwungvoll und freundlich, aber sein Bogenschießen war doch irgendwie ein fast normaler Sportunterricht.

Der zweite Grund für Penelops trübe Stimmung war das Perrysein. Sie hatte sich an den Namen gewöhnt, und es fiel ihr nicht schwer, irgendwelche Verhaltensweisen, die angeblich nur Mädchen tun, nicht zu zeigen. Aber zum richtigen Anfreunden war das Perrysein blöd. Diese Unehrlichkeit stand einfach immer zwischen ihr und den anderen.

Als Gina Penelop neulich gefragt hatte, ob Mo nicht vielleicht ebenfalls ein Mädchen sein könnte, hatte das die Sache noch schlimmer gemacht. Penelop hatte nämlich begonnen, Mo zu beobachten. Er hatte das wohl bemerkt, nichts dazu gesagt, und ein kleines Misstrauen war zwischen ihnen gewachsen. Wirklich nur ein kleines, doch es reichte aus, um die nahen Momente, die sie schon miteinander erlebt hatten, ein bisschen zuzudecken.

Und dann waren da noch Franz' Worte über den Vater. Sie waren das Schlimmste. Sie nagten in Penelops Herz herum, dass da bestimmt schon ein richtiges Loch war. Sie versuchte es zuzustopfen, indem sie sich sagte: Nicht jeder glaubt den Quatsch. Aber das half nichts. Wenn alle doch nur wüssten, was wirklich geschehen war. Damals auf dem Gang vor dem Büro von Frau Winkel.

Im Moment saß die Schülerschar beim Frühstück. Da kam Frau Mandras unter den Baum geschwirrt und berichtete, dass Doktor Titus bei seinem nächtlichen Gang zum Toilettenmond gestolpert war und nun mit einem verrenkten Knie ins Tal gebracht werden musste.

»Ihr habt heute also Unterricht bei mir. Ihr werdet gut mitmachen, denn solch eine enorme Gruppe ist für niemanden einfach!«

Ein allgemeines Seufzten entstand. Dann erschienen Herr Aegir, Doktor Titus und Mortenius. Herr Aegir vorne ein wenig keuchend, Mortenius hinten grimmig guckend und Doktor Titus auf einer Bahre liegend, fröhlich lächelnd:

»Auf Wiedersehen, Kinderlein, ich habe mich gefreut, euch kennengelernt zu haben, aber leider muss ich euch schon wieder verlassen. Ich sage es euch einmal und dann nicht mehr: Übt das mit der Langsamkeit. Sie erschaffen zu können, kann man immer gebrauchen.«

Er winkte ihnen zu, sie winkten zurück, und dann verschwanden die Männer zwischen den roten Büschen.

»Na ganz toll!«, stöhnte Gina.

Frau Mandras warf sich in die Brust.

»Alpha Regius hat seine Schüler häufig schweigend spazieren gehen lassen. Sie sollten sich nicht durch Gespräche ablenken, sondern die Natur genauestens beobachten und aus ihr lernen! Dies wird also unsere Aufgabe für den heutigen Tag sein.«

»Kann ja wohl nicht wahr sein«, ächzte Franz.

»Sucht euch einen Partner aus«, gebot Frau Mandras.

Schlagschnell hakten Gina und Penelop sich ein. Denn Thelonius stand dicht bei ihnen.

Als sie wenig später zwischen den Rotzweigen-Büschen

außer Hörweite waren, legte Gina los: »Das ist doch was! Da trainieren wir uns dumm und krumm und schneiden uns sogar die Haare ab, und wofür? Dafür, dass hier kaum Lehrer auftauchen, und die wenigen, die anwesend sind, entweder unfähig sind oder krank werden? Wir müssen was unternehmen!«

»Was denn?« In Penelops Kopf befanden sich heute keine Ideen.

»Wie wäre es mit einer nächtlichen Party? Mit einer Talentshow. Du könntest einen kleinen Schwebezauber vorführen, und Gian zeigt uns, wie man einen Aufräumzauber hinbekommt. Ich kümmere mich ums Essen. Sanan kann Schokobonbons …«

»Hey da drüben!«, hallte Junos Stimme zu ihnen herüber. »Ist das schweigend die Natur studieren?«

»Wir können noch den ganzen Tag stumm durch die Gegend latschen und Bäume anglotzen«, rief Gina dreist zurück und bekam rote Wangen und rote Flecken am Hals. »Aber im Moment besprechen wir unsere Nachtgestaltung! Wir schmeißen heute eine Party in der Dione!«

»Und? Sind Assistenten auch eingeladen?«, kam es interessiert von Juno.

Gina wäre beinahe im Boden versunken oder davongeschwebt. Oder beides. Doch dann riss sie sich zusammen.

»Nur wenn sie was Süßes mitbringen und uns einen Verwandlungszauber beibringen.«

»Gebongt«, kam es von Juno zurück.

Als Penelop und Gina den Wald erreichten, waren sie wieder besserer Laune. Sie plauderten und planten, und die Erde duftete. Bald glitzerte ein Bach vor ihnen, und ein Baumstamm lud sie zum Hinüberbalancieren ein. Das taten sie schweigend, sie mussten sich konzentrieren. Wieder auf festem Boden angekommen, behielten sie das Stillsein bei, denn irgendwie passte es nun. Und bald fühlte es sich richtig schön an, sich ganz vom Wesen des Waldes durchweben zu lassen.

Gegen Mittag bereuten sie, dass sie an dem Bach nichts getrunken hatten. Ihre Kehlen waren ausgedörrt. Sie begannen zurückzuklettern. Der Bach kam und kam nicht in Sicht. Waren sie falsch abgebogen? Sie machten noch einmal kehrt.

Zum Durst gesellte sich Hunger. Die Sonne brannte, und Penelops und Ginas schönes Waldfriedensgefühl verdunstete.

Warum bitte mussten sie hier herummarschieren, ohne etwas zu essen und zu trinken? Absurde Idee!

Plötzlich hörten sie ein leises Meckern. Sie erspähten hinter ein Paar Zweigen etwas Weißes und schlängelten sich näher. Eine Ziege rupfte gemächlich strohiges Gras und kleine Blümchen und befand sich in einer Art Garten. Der Garten umgab ein Haus oder wohl eher Hütte. Eine freundliche nussbraune Hütte mit einladender Veranda, auf der ein kleiner Metalltisch und drei gewundene Stühle standen. Auf einem Stuhl lag eine winzige schwarz-weiße Katze und schlief.

Penelops und Ginas Herz schlug schneller. Eine bewohnte Hütte, hier mitten in der Natur? Die Ziege sah kurz auf, sah die Mädchen quer durch die Zweige mit ihren gelben Augen an und mampfte gelangweilt weiter. Erst jetzt entdeckte Penelop drei dicke Hühner, die neben der kleinen Treppe, die zur Veranda führte, scharrten und pickten.

»Vielleicht können wir ja nach etwas Wasser fragen? Sieh doch, die Tür ist nur angelehnt, es ist also jemand zu Hause«, schlug Penelop vor, denn das Haus samt Garten und Tieren gefielen ihr. Es war ein behaglicher Ort.

»Nach Wasser fragen? Wir wissen doch gar nicht, wer da wohnt«, flüsterte Gina ein wenig beklommen.

Aber Penelop konnte nicht anders.

»Hallo da drinnen! Könnten wir hier was zu trinken bekommen?«

Gina zog sie am Arm. Sie wollte lieber weiter.

Niemand kam durch die angelehnte Tür und brachte Wasser heraus. Nichts regte sich. Nur ein paar Hummeln brummten.

»Schade«, bedauerte Penelop. »Ich hätte mich zu gern auf die Veranda gesetzt, Limo getrunken und mir einen Kuchen servieren lassen.«

Gina kicherte. Sie war sichtlich erleichtert, dass niemand aus dem Haus herausgekommen war. Mit Kuchen oder ohne. Aber das Kichern verging ihr, denn Penelop wollte es jetzt sogar mit Klopfen probieren!

Plötzlich veränderte sich etwas. Etwas kam. Es schien,

als würde die Luft ringsum staubiger oder als würde sie Wellen schlagen.

»Schnell, lass uns hier verschwinden«, flüsterte Gina.

*Zuck! Zuck!*, machte da ihr Nacken.

Kurz nur. Dumpf. Ganz anders als sonst. Wie durch etwas hindurch oder wie nicht richtig mit Energie versorgt, und der gewohnte Rückenschauer blieb komplett aus. Wenige Augenblicke später jubelte im Haus eine trockene Stimme.

»Es war nicht umsonst. All die lange Zeit wusste ich ja nicht, ob du lebst! Oh, wie bin ich froh, dass du hier bist!« Die Hüttentür flog auf.

Nanu?

Heraus trat eine ältliche Frau in einem abgetragenen nachtblauen Kleid wie aus einer vergangenen Zeit. Ihr Gesicht war ein Leuchten, ihre Arme weit ausgebreitet.

»Das ist doch die Frau, der wir neulich schon begegnet sind! Bei unserer Bootstour mit Tom und Pietsch«, stieß Gina hervor, und beide wichen einen Schritt zurück.

Ja, es war dieselbe Frau. Hatte sie die ganze Zeit dort drinnen gesessen und Penelop und Gina beobachtet? Aber das konnte nicht sein. Beide hatten vorher absolut nichts und niemanden gespürt.

Das Leuchten aus dem Gesicht der Frau verschwand. Irritiert fuhr sie sich durch ihr weißgraues Haar, und etwas böselte von dort hinunter. Sofort flatterten die Hühner auf die Veranda und begannen, gierig zu picken. Die Frau beachtete das nicht. Sie starrte sie nur durch die Zweige an.

»Aber«, kam es langsam über ihre blassen Lippen. »Aber wieso habe ich wieder …?«

Gina griff unsicher nach Penelops Hand, die sie drückte. Beide waren unschlüssig, ob sie schleunigst wegrennen, etwas sagen oder was auch immer tun sollten.

Die Frau richtete sich auf. Sie schien sich zu sammeln.

»Hallo ihr beiden«, murmelte sie etwas matt. »Verzeiht, ich bin durcheinandergeraten. Ich hatte jemand anderen erwartet. Ihr seid sicherlich vom Halbmondcamp oben?«

Penelop brachte ein Nicken zustande, und Gina rief schnell: »Wir wollten Sie nicht stören. Wir haben uns nur verlaufen und sind auch schon wieder weg.«

»Ihr habt einen langen Weg hinter euch, bei der Hitze. Möchtet ihr vielleicht etwas trinken?«, fragte die Frau sehr freundlich, und weil die kleine Katze vom Stuhl sprang und ihnen entgegentapste, fassten Penelop und Gina Vertrauen.

Sie traten hinter den Büschen hervor, hinein in den Garten.

»Wie heißt ihr denn?«, fragte die Frau.

»Gino«, kam es von Gina.

»Perry«, sagte Penelop und bedauerte, nicht ihren wirklichen Namen aussprechen zu können.

»Willkommen, Gino und Perry. Vielleicht habt ihr im Camp schon von mir gehört. Ich war bis vor kurzem noch Lehrerin dort. Mein Name ist Meera Winkel«, stellte die Frau sich vor und lächelte die Freundinnen an.

# 24
# Meera Winkel

Was tut man, wenn einem durch den Kopf Fragen kräuseln wie: Wie haben Sie es fertiggebracht, wie aus dem Boden gewachsen bei uns am Flussufer zu erscheinen? Oder: Frau Winkel hieß doch auch die Assistentin von Alpha Regius, sind Sie mit ihr verwandt?

Fragt man dann frech drauflos? Oder ruckt man auf dem Verandastuhl herum und versucht das Thema in die richtige Richtung zu schubsen? Oder krault man die Babykatze, die einem auf den Schoß gesprungen ist, und findet die Antworten irgendwie anders heraus?

Penelop entschied sich für das Irgendwie-anders-Herausfinden.

Meera Winkel war in ihrer Hütte verschwunden und erschien wieder mit einem Tonkrug voll sprudelnder Limonade und einem keksgefüllten Teller. Sie stellte beides auf den kleinen Tisch.

»Setz dich doch«, ermunterte sie Gina, die noch etwas unbeholfen herumstand. Die Gesichtszüge von Meera Winkel waren fein. Und obwohl ihre Haut nur so von Falten durchzogen war, hatte sie etwas Junges, ja, etwas Mädchenhaftes an sich.

Penelop fühlte sich wohl in ihrer Gegenwart, obwohl ihr gerade auffiel, dass die Fingernägel ihrer Gastgeberin schwärzer waren als alles, was sie bisher gesehen hatte. Machte man sich die Nägel im hohen Alter nicht mehr sauber?

»Also, ihr beiden, erzählt doch mal. Wie ist es denn so in eurem Camp?«, fragte Frau Winkel jetzt interessiert.

»Ähm, es ist ganz gut«, gab Gina bekannt und trank ihre Limo in einem Zug aus.

»Auch ohne die Mädchen?«, bohrte Frau Winkel nach.

»Wir wissen ehrlich gesagt gar nicht, wie es mit Mädchen wäre«, erläuterte Penelop. »Denn wir sind dieses Jahr zum ersten Mal dabei.«

»Das dachte ich mir.« Frau Winkel blickte lange auf Penelops Hände, die behutsam durch das Fell der kleinen Katze strichen.

»Wisst ihr, ich habe bis letztes Jahr noch leidenschaftlich in den Camps unterrichtet«, erzählte sie dann. »Aber nun bin ich zu krank, und es bereitet mir viel Mühe, diesen alten Körper hier fortzubewegen.« Sie klopfte sich auf ihre Oberschenkel.

Mühe mit der Fortbewegung? Das stimmt doch nicht, dachte Penelop. Sie war bei uns in der Gegend am Fluss, und sie war auch unterwegs, als Gina und ich hier eben ankamen. Warum sagt sie so was?

»Bist du ein scharfer Beobachter, Perry?«, fragte Frau Winkel im selben Augenblick, verschmitzt lächelnd. »Da macht dir der Unterricht mit Doktor Titus sicherlich Spaß. Bei ihm muss man ja auch genaustens beobachten.«

Ja, ich bin eine gute Beobachterin, dachte Penelop. Deswegen merke ich auch, dass hier irgendwas komisch ist.

»Doktor Titus hat sich das Knie verletzt. Herr Aegir und Mortenius bringen ihn heute ins Tal«, teilte Gina unbedarft mit.

»Albruna unterrichtet also ganz allein«, murmelte Frau Winkel mehr zu sich als zu den Mädchen.

Penelop glaubte Bedauern in ihrer Bemerkung mitschwingen zu hören. Sie war sich aber nicht ganz sicher. Und ob das Bedauern ihnen galt oder Frau Mandras, wusste sie auch nicht.

Frau Winkel biss in einen Keks und sah wieder auf Penelops Hände.

»Wir machen ja alle gut mit. Frau Mandras kommt schon klar mit uns«, beteuerte Gina eifrig. »Und jetzt müssen wir langsam wieder los, wenn wir vor der Dunkelheit zurück sein wollen, oder, Perry?«

Penelop zögerte. Sie hatte bisher noch rein gar nichts herausgefunden. Vielmehr hatte sie den Eindruck, als hätte Frau Winkel die ganze Zeit etwas über *sie* herausgefunden.

»Warum haben Sie so schwarze Fingernägel?«, platzte es plötzlich und wohl etwas unhöflich aus ihr heraus.

»Gartenarbeit sozusagen«, antwortete Frau Winkel schelmisch, und ihre Augen begannen zu glänzen. »Arbeitest du auch gerne im Garten, Perry? In der Erde wühlen, etwas umgraben und all das?«

Penelop zuckte mit den Schultern. »Ja, also ich helfe schon mal mit.«

Gina stand auf.

»Wir sollten wirklich los. Vielen Dank für die Limo und die Kekse. Auf Wiedersehen, Frau Winkel.«

»Ja, ihr müsst los. Das stimmt, doch ich glaube, Perry möchte mich noch etwas anderes fragen«, entgegnete Frau Winkel ruhig.

»Wie sind Sie an den Fluss gekommen?«, wagte da Penelop auch schon. »Und sind Sie mit ihr verwandt? Ich meine, mit Alpha Regius' Gehilfin? Die hieß doch auch Frau Winkel.«

»Die Frage mit dem Fluss kann ich dir beantworten, wenn du mir verrätst, welchen Fluss du meinst«, lachte Frau Winkel. »Und zur Verwandtschaftsfrage, hm, nun ja, die stelle ich mir auch gerade. Wer ist mit wem verwandt? Ich bin auf alle Fälle nicht mit mir selbst verwandt.«

Gina zog die Augenbrauen zusammen. »Was?«

»Ich bin nicht mit mir verwandt«, kicherte Frau Winkel und griff nach dem Tonkrug, der zu wackeln begann.

»Aha«, brachte Gina zustande. »Also, wir brechen dann mal auf.«

Penelop hob die kleine Katze behutsam auf den Verandaboden und kam auf die Füße. Sie starrte Frau Winkel an, die da in sich hineingluckste und sich am Krug festhielt.

»Nicht mit sich selbst verwandt. Meinen Sie etwa damit … also, wollen Sie sagen, dass Sie selbst die Gehilfin waren?«

»Hm, ja, ja, das war ich wohl.« Die alte Dame kicherte immer noch, erhob sich und begab sich zur Hüttentür. »Möchtet ihr noch Limo? Ach nein, ihr wolltet ja los. Nehmt am besten den Weg hinter meinem Haus. Sobald ihr zu einem Felsen mit zwei Höckern gelangt, könnt ihr bergauf klettern. Da kommt ihr über dem Fluss raus. Das ist eine enorme Abkürzung zum Camp! Auf Wiedersehen.«

Penelop wollte gerade rufen, was denn nun mit dem Auftauchen an dem anderen Fluss sei, mit dem bei ihr zu Hause. Doch Gina war schneller.

»Moment!«, quietschte sie mit leuchtendem Gesicht und hatte es gar nicht mehr eilig. »Sie haben Alpha Regius also persönlich gekannt! Und eng mit ihm zusammengearbeitet! Das muss unglaublich gewesen sein. Wie war er denn so?«

»Vielseitig«, antworte Frau Winkel. Sie stieß mit ihrer Fußspitze die Tür auf. Und plötzlich ganz abwesend, murmelte sie zu sich selbst: »Er war eine gute Gehhilfe.«

Eine Gehhilfe? Den Mädchen fiel die Kinnlade runter.

»Was? Oh, ich meinte natürlich, wo ist meine Gehhilfe?«, stellte Frau Winkel hastig fest. »Ich bin ja nicht mehr so gut zu Fuß. Ich muss mich jetzt dringend ausruhen. Aber besucht mich ruhig wieder, Gino und Perry. Auf Wiedersehen.«

Dann verschwand sie im Inneren des Hauses, und die Tür fiel hinter ihr zu.

Gina und Penelop verharrten auf der Veranda. Sie waren zu verdutzt, um etwas von sich zu geben. Oder um einfach zu gehen oder irgend sonst was. Erst als die kleine Katze ein *Miau* von sich gab und die Holzstufen in den Garten hinuntersprang, gaben sie sich einen Ruck und traten den Rückweg an.

## 25
## Dunkle Erinnerungen, dunkler Weg, helles Fest

Der Tipp mit der Abkürzung war gut. Tatsächlich kamen Penelop und Gina bald oberhalb des türkisfarbenen Flusses raus. Tief unten konnten sie sehen, wie er sich zwischen den Felsen wand, und sein Brausen hallte zu ihnen herauf.

»Gehhilfe!«, stieß Gina jetzt keuchend hervor. »Sagt die tatsächlich aus Versehen, Alpha Regius war eine Gehhilfe!« Sie kicherte.

»Das war kein Versehen«, wandte Penelop ein. Ihr war flau im Magen. »Auch wenn Frau Winkel so getan hat, das kam doch irgendwie ganz tief aus ihr heraus.«

»Ja? Meinst du?« Gina schien nicht ganz überzeugt.

Auf einem schmalen Pfad folgten sie dem Lauf des Flusses, bis sie an eine wacklige Hängebrücke gelangten. Penelop hielt Gina am Ärmel fest.

»Warte mal. Ich möchte dir was erzählen.«

»Okay, aber können wir erst hier rüber?«, schlug Gina vor. »Es wird schon dämmrig, und ich will bei so einer Brücke lieber gut sehen, wo ich hintrete.«

Also überquerten sie das wacklige Ding, und dann begann Penelop Gina anzuvertrauen, was der Vater ihr und ihrer Mutter neulich zu Hause am Küchentisch erzählt hatte. Von dem Tag damals, an dem er seinen innig geliebten Lehrer verloren hatte.

»Dein Vater war ein so enger Schüler von Alpha Regius gewesen? Das wusste ich ja gar nicht«, sagte Gina.

»Ja, war er«, nickte Penelop und als hätte sie es selbst erlebt, malte sie der Freundin nun aus, wie Leopold damals zu früh dran gewesen war. Und deshalb in dem alten Gebäude äußerst langsam eine gewundene Treppe nach oben stieg. Um seine Arbeit über Gegenkräfte abzuholen, in Frau Winkels Büro.

Penelop hob einen Stein auf und schleuderte ihn in die tosende Tiefe. »Und jetzt wirft er sich immer noch vor, Alpha Regius nicht geholfen zu haben. Denn als er die bronzene Schwingtür des Treppenhauses öffnete, haben weit hinten auf dem Gang, direkt vor Frau Winkels Tür, sechs artgleiche Gestalten gestanden. Einer davon war Alpha Regius gewesen, und die andern waren vom *Goldenen Kondor*.«

»Diese Gehorsamsorganisation, die gegen Mädchen war?«, fragte Gina.

Penelop nickte.

»Kurz nachdem Papa aufgetaucht war, rissen die Kondorleute ihre Arme nach oben, und dann ist Alpha Regius tot zu Boden gesackt.«

»Was?«, hauchte Gina. »Und dein Vater hat das miterlebt? Das ist ja schlimm.«

Ja, er hat das miterlebt, dachte Penelop, und ein bitteres Gefühl kroch durch ihren Bauch. Und jetzt kommt all das wieder in ihm hoch, und er ist traurig. Ich will nicht, dass mein Vater traurig sein muss. Und ich will schon gar nicht, dass irgendwer ihn für einen Mörder hält.

»Vielleicht«, flüsterte sie. »Vielleicht nennt Frau Winkel Alpha Regius eine Gehhilfe, weil sie seinen Tod benutzt hat. Benutzt, um selbst einen guten Posten zu ergattern?«

»Wie meinst du das?«, fragte Gina.

»Frau Winkel könnte dem *Goldenen Kondor* etwas über Alpha Regius verraten haben«, überlegte Penelop. »Etwas, was Alpha Regius geschwächt hat. Sie ist jedenfalls nicht aus der Tür gekommen, um ihm zu helfen, als er direkt vor ihrem Büro zusammenbrach.«

»Vielleicht hatte sie Angst«, erwiderte Gina. »Und jetzt hör auf, hier so mir nichts, dir nichts jemanden zu verdächtigen!«

Gina hatte recht. Penelop tat hier ja das Gleiche wie Franz. Sie schluckte. Sie versuchte, ihre Gedanken zu bändigen. Aber es gelang ihr einfach nicht.

Sie hatte sich wohl bei Frau Winkel gefühlt. Aber irgendetwas war absolut komisch gewesen. Die Frau hatte sie so forschend angesehen. Plötzlich erinnerte sich Penelop an das, was die Frau gerufen hatte, als Gina, Tom, Pietsch und sie selbst mit den Kajaks an ihr vorbeigeglitten waren:

»Der Maulwurf ruft den Falken. Ich bin es.« Dabei hatte sie den Himmel abgesucht.

War mit *Falke* etwa ihr Vater gemeint? Falke war doch sein Name gewesen. Und wer sollte dann dieser Maulwurf sein? Frau Winkel etwa? Ts, in Spionagefilmen nannte man jedenfalls immer den Verräter einen Maulwurf.

Eine weitere hölzerne Hängebrücke tauchte auf. Das Tageslicht nahm rasch ab, denn Wolken waren aufgezogen. Die Mädchen wackelten nun über eine bereits dunkle Schlucht. Auch zwischen den Sträuchern auf der anderen Seite lagen überall schwarze Schatten.

»Unsere Mitternachtsparty!«, entfuhr es Gina nun. »Die müssen wir ja noch organisieren.«

Penelop war jetzt gar nicht mehr nach der Party zumute.

*Zuck! Zuck!*

Hinter einem Strauch raschelten jemand Kleines und eine etwas breitere Silhouette hervor.

»Eine Mitternachtsparty? Bei uns in der Dione?«, jauchzte Mo, und Sanan lächelte: »Perry, Gino! Wo kommt ihr denn auf einmal her?«

»Von einer Hängebrücke weiter hinten«, rief Gina.

Penelop schwieg zwar, aber sie war froh, die beiden zu sehen. Es zog sie ein wenig aus ihrem düsteren Gedankenstrudel heraus. Zu viert setzten sie ihren Weg fort. Bald war es ziemlich finster. Nur der Mond lugte ab und zu durch die Wolken hindurch.

»Geht langsamer. Achtung, jetzt kommt eine Wurzel, nicht stolpern«, riet Sanan. »Bleibt in einer Reihe, von rechts ragen gleich Dornen in den Pfad.«

Und so ging es weiter. Sanan sagte ihnen jede Unebenheit voraus, und mit sicheren Schritten tappten sie voran. Es war, als ginge von Sanan eine Kraft aus, die das Dunkel vertreiben konnte.

»Kannst du hier etwa was sehen oder in die Zukunft blicken?«, staunte Gina.

»Nein. Mo und ich sind denselben Weg heute Morgen schon einmal gewandert«, antwortete Sanan bescheiden.

»Da hat sich unser Elefantengedächtnis einfach mal jeden Kiesel gemerkt«, verkündete Mo so stolz, als wäre er es, der sie hier führte.

Wenig später erreichten sie das Camp. Die Halbmonde schienen aus dem Boden, und die flackernden Laternen im Baum luden die Ankömmlinge bereits zum Abendessen ein.

Viel später dann, als Penelop im Bett lag, konnte sie mal wieder kaum glauben, was heute alles geschehen war. Der Tag war vollgefüllt gewesen. Bis an den Rand und drüber hinaus. Und am Ende einfach nur schön.

Sie hatten die Jungs vom Metismond zu ihrer kleinen Party eingeladen und Gian, Juno und Jasper dazu.

Alle waren vergnügt auf den bunten Betten gesessen. Die Talentshow war spannend und lustig gewesen. Sogar Thelonius hatte mitgemacht und sich unsichtbar werden lassen. Auch wenn das ja eigentlich das Anti-Eye gemacht hatte.

Henry hatte allen einen rosa Erdbeergeschmack auf die Zunge gezaubert, und Gian war stolz gewesen, weil es ihm gelungen war, nicht vorhandene Hunde bellen zu lassen. Dann hatte Juno sein Versprechen eingelöst und ihnen allen einen Verwandlungszauber beigebracht. Nützlich oder spannend war der Zauber nicht unbedingt gewesen. Eine Gabel in einen Löffel!

Aber als sie sich dann vorgestellt hatten, wie sie das Ding bei Mortenius anwendeten, während der Spaghetti kurbelte, war die Stimmung ausgelassen geworden.

Alle hatten das Umwandeln auch ganz gut hinbekommen. Bis auf Sanan. Ihr war nur ein rundes Ding mit Zacken geglückt. Es hatte ihr nichts ausgemacht.

»Welch wunderschöne Löbel!«, hatte Mo Sanans Werk überschwänglich gelobt.

»Nein, welch eleganter Gaffel!«, hatte Sanan erwidert, und dann waren die beiden vor Lachen von den Betten geplumpst. Alle anderen hatten irgendwann mitgelacht.

Das Schönste aber hatte gar nichts mit der Talentshow zu tun gehabt. Jasper hatte mit einer kleinen Trommel ein Lied angestimmt, und alle hatten mitgesungen. Und plötzlich war, was Penelop sich gewünscht hatte, in Erfüllung gegangen. Sie hatte *uns* und *wir* gefühlt. Ein warmes, stärkendes Gefühl, und kein Perry war mehr dazwischen gewesen. Sie hatten einfach gesungen oder gesummt und sich aneinander gefreut.

Frau Winkel, Alpha Regius, ihr Vater und alles andere waren weit, weit weg gewesen. Und damit schlief Penelop ein.

## 26
## Entschluss

Es war dämmerblau, als Penelop aus den Träumen hochfuhr. Sie sah sich um. Gina, Mo, Sanan und Thelonius schliefen noch friedlich. Ein paar Bonbonpapiere und eine umgekippte Flasche Saft lagen auf dem Boden und erinnerten an ihr nächtliches Fest. Das warme, stärkende Gefühl in Penelops Brust war immer noch da. Aber ihre tosenden Gedanken waren es im nächsten Moment auch wieder! Penelop setzte die Füße auf den Teppich.

Ich muss wissen, warum Frau Winkel Alpha Regius eine Gehhilfe nennt, ich muss wissen, wie sie zu uns an den Fluss gelangt ist, ob sie dieser Maulwurf ist, und wenn ja, warum sie nach Papa sucht! Ich muss das herausfinden. Und zwar jetzt gleich.

Leise, um die anderen nicht zu wecken, zog Penelop sich an. Sie kramte einen Zettel aus ihrem Rucksack hervor.

*Bin zum Mittagessen wieder da. Bitte sag Frau Mandras, ich sei krank.*

kritzelte sie darauf und schob ihn der schlafenden Gina in die leicht geöffnete Hand. Dann schlich sie zum Ausgang ihres Schlafmondes und flitzte quer durchs Camp hinauf zum Wald. Im Schutz der Bäume angekommen, hielt sie kurz inne. Selbst wenn sie den ganzen Weg hin- und zurückrannte, zum Mittagessen würde es knapp werden. Sie stieg weiter empor, bis sie in sturzsteiler Tiefe den türkisfarbenen Fluss gurgeln sah.

»Kannst du mich leiten?«, rief sie dem Gewässer zu, verwurzelte sich im steinigen Untergrund, murmelte »Semus Triokko« und wurde schon luftleicht. Sie begann nach oben zu steigen. Sie wollte aber gar nicht hinauf! Dort würde man sie vom Camp aus sehen.

Penelop verlagerte ihren Oberkörper nach unten und sank dann bäuchlings in die Schlucht. Auf halber Höhe stoppte sie. Als wäre sie auf einem unsichtbaren Trampolin gelandet, federte Penelop ein paarmal auf und ab. Mit paddelnden Fußbewegungen brachte sie sich wieder in Position, ruckelte und strudelte schließlich los. Die krunkeligen Felswände glitten lautlos langsam zu ihren Seiten vorüber. Wie mächtig sie waren. Und ich hier einfach mittendrin, dachte Penelop, und ein freudiges Gefühl durchblubberte sie.

Dann atmete sie einmal tief und steigerte ihre Geschwindigkeit.

Bald rauschte ihr die Luft um die Ohren. Sie neigte sich in eine Kurve. Eine kleine Ringdrossel kreuzte ihren Weg und landete erschrocken piepsend auf einem Felsvorsprung.

»Keine Angst. Bin schon wieder weg!«, rief Penelop und zischte unter der hölzernen Hängebrücke durch. Oh! Sie war schon fast da. Flugs den Rücken durchstrecken, an Höhe gewinnen und *wwwwffp*.

Die Landung war etwas verunglückt, und der linke Knöchel tat weh. Aber sonst! Sonst war das Fliegen im Flusstal einfach wunderschön gewesen. Und dass sie, ohne den Winter über geübt zu haben, derart flink und wendig geworden war, machte Penelop stolz. Das hätte Doktor Titus mal sehen müssen!

Als sie wenig später Frau Winkels Garten betrat, begann Penelops Herz zu pochen, dass sie es bis in die Kehle spürte. Sie hätte doch lieber Gina mitnehmen sollen. Aber sie beruhigte sich wieder, denn die Ziege malmte derart gemächlich vor sich hin. Die dicken Hühner tuckerten lustig auf der Veranda herum, und die schwarz-weiße Katze kam gleich zu ihr ins Gras gesprungen, um einen schnurrigen Begrüßungsbuckel vorzuführen.

Und wo war jetzt Frau Winkel? Im Haus nicht und auch nicht in der Nähe. Penelop spürte nichts von ihr, trotzdem rief sie:

»Hallooooooo? Ich bin wieder da!« Wie tags zuvor kam keine Reaktion.

Penelop ließ sich auf einem Baumstumpf nieder und scharrte mit dem Fuß übers Gras. Dann würde sie eben warten. Was sollte sie eigentlich als Erstes sagen? Wie beginnen? Aber vielleicht würde auch Frau Winkel etwas von sich geben. Vielleicht würde sie ja murmeln:

»Da bist du ja wieder, Kind! Ich freue mich, dich zu sehen. Du bist also gekommen, um unser gestriges Gespräch fortzusetzen?«

»Ja«, würde Penelop nicken, »und« – und das war ihr bisher selbst gar nicht klar gewesen, »und ich möchte etwas von Ihnen lernen!«

Für solch einen Dialog musste die alte Lehrerin jedoch erst mal nach Hause kommen.

*Knarz, knarz* machte da die Hüttentür. Penelop blickte auf. Doch es war lediglich die Katze, die zurück auf die Veranda geklettert war, die Tür aufgestoßen hatte und leise maunzend im Inneren verschwand.

Wie eine Einladung stand der Eingang nun weit offen.

»Soll ich reinkommen?«, fragte Penelop, und weil sie nicht anders konnte, trat sie auf die kleine Treppe und dann in die Hütte hinein.

# 27
# Erde

Eine altmodische Küche empfing sie. Blitzsauber, gemütlich, mit einem alten Feuerherd und ein wenig düster. Die Katze war schon weitergeschlichen, über einen engen Gang, in dem Kräuterbüschel von der Decke hingen, und der zu einem zweiten Zimmer führte. Penelop spähte auch hier hinein.

Ein karges Bett und eine Waschschüssel waren das Einzige, was sich auf den grau gewetzten Dielen befand. So hatten früher sicherlich die Zellen von Nonnen ausgesehen. Aber was war das?

Mitten im Raum fehlte der Boden. Na ja, Boden war schon einer da, aber keine Dielen. Ein ausgesägtes Viereck in den Brettern gab die nackte Erde darunter frei. Penelop starrte auf die seltsame Fläche, und ihr Atem beschleunigte sich.

Die Dielen quietschten unter ihren Füßen, als sie näher herantrat. Frischer Erdgeruch drang ihr in die Nase, und unter ihrem kurzen roten Haarschopf begann es zu kribbeln. Warum sägt man sich den eigenen Fußboden kaputt?

*Miau! Miau!* Die kleine Katze sprang in das Erdeck hinein und scharrte mit ihrer samtenen Pfote darin herum.

»Ist das etwa dein Katzenklo?«, fragte Penelop und dachte an Cucuu, wie sie zu Hause im Garten in die Dritte-Hand-Kuhle gekackt hatte. Um Lebendiges zu verschicken, muss man viel auf dem Kasten haben, hatte ihr Vater gesagt. Hochkarätigen Erdzauber.

Da landete die Antwort einfach in Penelops Kopf.

Sie setzte sich an das ausgesägte Loch und stellte die Füße hinein, neben die Katze. Sie würde jetzt einfach hier warten. Frau Winkel würde schon auftauchen.

Erst mal geschah nichts weiter. Doch als die Katze wieder auf die Dielen zurücksprang, war es, als ob sich Penelops Sohlen in die Erde verzweigten. So wie vorm Fliegen. Nur viel kräftiger, und außerdem war da plötzlich ein Sickern.

Es fühlte sich so ähnlich an wie damals in diesem Postshop, als sie auf dem Weg zu ihrem Vater gewesen war. Da war auch etwas aus ihr herausgesickert. Aber jetzt war es anders. Jetzt sickerte nicht *etwas*, jetzt sickerte sie als Ganzes. Und zwar so rasend schnell, dass sie keine Zeit hatte, Angst zu bekommen. Mit allem, was Penelop ausmachte, verschwand sie im Boden unter der Hütte.

Dunkelheit. Trockene Erde. Feuchte Erde. Ein Wurzelgeflecht. Geröllschichten.

Penelop war unschlüssig, ob ihr es hier gefiel. Aber herausfinden, was es jetzt hier mit dieser Erde auf sich hatte, das wollte sie schon. Vielleicht noch tiefer hinunter?

Wie sie es fertigbrachte, voranzukommen, wusste sie nicht.

Rennen schien es nicht zu sein. Obgleich sie sich aufrecht fortbewegte. Und zwar unfassbar schnell! Durch Dunkelheit, die fest war wie eine Wand und trotzdem keinen Widerstand bot.

Oder war sie es selbst, die keinen Widerstand mehr hatte?

Dort lang! Torf, Metall, Knochensplitter, kleine Insektenlarven und dumpfe Wärme. Alles glitt durch Penelop hindurch, als wäre sie ein Geist, ein Hauch, als wäre sie nicht mehr da.

»Pe…?«

Hatte da gerade jemand gesprochen? Nein, das konnte nicht sein. Außerdem musste sie jetzt an dem Felsen vorbei. Der war zu fest und dicht, um hindurchzugelangen.

»Du!!!«

Hilfe, was war das? Etwas webte sich durch Penelop hindurch.

»Du unvorsichtiges Kind! Zurück mit dir!«

Penelop drehte sich, drei-, viermal. Da hatte sie das, was da vielleicht gewesen war, wieder aus sich herausgestreift. Ein wirrer Nachhall wehte hinter ihr her.

*Du hättest die Hütte zusperren müssen! Du hast die Kinder doch selbst eingeladen wiederzukommen. Zu abgelenkt bist du gewesen, von der Kraft, von der Leopold-Art und den Leopold-Händen …*

Die Worte waren flüchtiger als ein Traum, und Penelop vergaß sie in derselben Sekunde wieder.

Nur dämmerte ihr plötzlich, dass sie mittlerweile wohl eine gewisse Entfernung zu Frau Winkels Haus zurückgelegt hatte. Sie wollte kehrtmachen. Sie musste ja zum Mittagessen wieder im Camp sein.

Doch man kann beim Erdwandeln nicht nur sich selbst verlieren. Sondern auch die Orientierung. Sich selbst hatte Penelop – wie auch immer – noch beisammen. Die Orientierung jedoch nicht. Sollte sie jetzt hier, da oder dort lang? Sie musste hinauf. Musste mal nachsehen, wo sie eigentlich war. Hoffentlich kam sie nicht direkt im Flussbett raus.

*Peng*, knallte sie mit dem Kopf gegen etwas Hartes. Aber diesmal war es kein Fels. Um sie herum wummerte und bebte die Erde, und eine vertraute Stimme dröhnte:

»Unverschämtheit. Dieser verflixte Erdwurm! Mich von unten zu piksen, soll gefälligst weiter drüben emporwachsen. Hier liege nun mal ich. Und ich verschiebe mich nicht! Es regt die Autos zu sehr auf.«

Penelop musste grinsen. Das war lustig, dass sie hier die Straße von unten hören konnte. Sie wandelte also ein wenig weiter und versuchte abermals und ein wenig behutsamer, nach oben zu steigen.

*Wupp*. Die Erde stieß sie aus wie ein Baby bei der Geburt. Grelles Licht und ohrenbetäubender Lärm waren der Empfang. Penelop taumelte ein bisschen. Sie befand sich auf einem vertrockneten Grasstreifen. Genauer gesagt, auf dem Mittelstreifen einer vielspurigen Autobahn.

»Du?«, rumpelte es sofort aus allen Fahrbahnen, hörbar um Fassung ringend.

»Jrrrr, ich.« Penelops Stimme war völlig welk und bei all dem *Wumm, Wumm, Wumm* kaum zu vernehmen.

»Willst du zum Meer? Oder warum gehst du freiwillig durch Erde? Wenn du zum Meer willst, dann steig auf. Ich transportiere dich ausnahmsweise hin. Es sind ja nur noch ein paar Meter.«

»Wieso Meer?«, krächzte Penelop und krauste die Stirn. »Wo ist denn die Hütte? Oder mein Camp? Ich muss doch zum Mittagessen.«

»Wenn es nicht das heutige Mittagessen sein muss, könnten wir es schaffen. Nächste Woche sind wir da. Steig einfach auf«, rumpelte die Straße.

Nicht das heutige Mittagessen? Penelop sah sich um und erschrak. Zwischen den vorbeirauschenden Lkw waren flirrende, karge Hügel zu erkennen. Und ein rotrissiges Werbeplakat mit unlesbaren Buchstaben einer völlig fremden Schrift.

»Wo sind wir hier?«

»Ich bin da, wo ich immer bin«, teilte ihr die Straße mit.

»Und wo ist das? In welchem Land?«

»Derartige Unterteilungen liegen mir fern. Ich gehe einfach immer weiter«, vibrierte es nüchtern unter den Autos hervor. Und ein wenig gutmütiger. »Du musst wohl oder übel noch einmal sickern, wenn du schon heute wieder im Camp sein möchtest. Aber sei vorsichtig! Bleibe dicht unter mir, ich werde dich leiten.«

## 28
## Halber Kopf

Der Rückweg ging wesentlich langsamer vonstatten. Straßen verlaufen nicht immer geradeaus, und Penelop musste immer wieder umdrehen, sobald ihr ein unterirdisches Felsmassiv vor die Nase stieß.

Aber irgendwann rumpelte es: »Weiter bin ich nicht gebaut. Den Rest musst du zu Fuß bestreiten.«

Penelop wollte sich in die Höhe treiben lassen. Doch es war um ein Vielfaches zäher als vorhin, ja regelrecht klebrig, als müsse sie durch Honig hindurch. Es dauerte lange, bis sie die obere Kopfhälfte draußen hatte.

Sie befand sich in einem Blumenbeet. Mitten auf einem fast leeren Markplatz. Und das Nachmittagslicht schwand bereits.

Sie strampelte, aber das half nichts. Und zurücksickern funktionierte auch nicht mehr.

Und da zuckte ihr dumpf und trüb, ja, kaum merklich der unterirdische Nacken. O nein! Wer auch immer hier entlanglief, sollte auf keinen Fall ihren halben Kopf zwischen den Primeln stecken sehen! Sie versuchte den Hals einzuziehen, was nichts brachte.

Schwere Schritte und Stimmen näherten sich.

»Was war das? Hier muss jemand von uns in der Nähe sein!!!«, hörte Penelop da Herrn Aegir.

»Keine Panik«, kam es knurrig zur Antwort. »Hier ist niemand. Oder hat es dich etwa geschauert?«

»Nein, aber gezuckt!«

Penelop hielt still. Sie hörte sogar auf zu atmen.

»Dumpfes Zucken ohne Schauer«, lachte Mortenius dröhnend. »Das war natürlich Meera Winkel, die unter uns unterwegs war. Verrückte alte Frau! Sie kann das Erdreisen einfach nicht lassen.«

Die beiden waren nun so nahe, dass eine Ecke von Mortenius' abgeschabtem Mantel Penelops zitternde Nasenspitze streifte. Doch nach unten blickte er nicht.

»Ist Meera Winkel immer noch auf Falkenjagd? Will sie den Tod ihres Geliebten immer noch rächen?«, erkundigte sich Herr Aegir.

»Herrgott nochmal! Weder will sie sich rächen, noch hat der Falke diesen Mord begangen! Wie oft soll ich dir das noch sagen?«, fuhr Mortenius den Jüngeren an. »Es waren die Leute des *Goldenen Kondors*!!!«

»Womit wir wieder beim Thema wären. Ich organisiere jetzt schnellstmöglich den Heimtransport für Doktor Titus und dann schleunigst zurück ins Camp! Albruna muss Bescheid wissen. Die Floßleute waren sich sicher, dass sie sich zusammenrotten.«

Penelops unterirdisches Herz begann sich zu beschleunigen. Was redeten die beiden da?

»Das war doch nur Flößergeschwätz«, grunzte Mortenius, »Panikmache! Ich kann mir nicht vorstellen, dass der vermaledeite Kondor wieder solch einen Zulauf hat. Und wenn, glaube ich kaum, dass er sich gleich wieder zur Möchtegernpolizei erhebt.«

»Dass Mädchen tatsächlich wieder verboten werden, hat auch keiner geglaubt«, entgegnete Herr Aegir.

»Da hast du leider recht«, gab Mortenius unwillig zu.

»Ich hatte auch recht, als ich Albruna verklickern wollte, dass sie das Mädchen nicht einfach dulden sollte!«

»Ja! Dreist von dem Gör, bei uns aufzukreuzen«, brummte Mortenius. »Aber auch großartig. Sich nicht gleich einschüchtern lassen. Mal was riskieren. Das ist doch was!«

»Das ist doch was, das ist doch was. Und wie sollen Albruna und ich, ohne Titus, jetzt das Mädchen schützen, falls das Kondorpack bei uns auftaucht?!«

»Gemach, gemach. Ich bin ja auch noch da! Außerdem muss der Kondor auch erst mal kapieren, dass es ein Mädchen ist. Und ein einzelnes Kind lässt sich zudem recht leicht verstecken.«

Die Schritte der Männer verloren sich allmählich in der

Ferne. Auch die Stimmen wehten nur noch sachte in Penelops Ohren.

»Und wenn es gar nicht das einzige Mädchen ist?«, hörte sie noch Herrn Aegir.

»Was?! Glaubst du, es gibt noch eines?«

Die Antwort bekam Penelop nicht mehr mit. Erstens waren die beiden nun zu weit weg, und überdies war sie gerade zwischen den Primeln versickert.

## 29
## Der Maulwurf erzählt

Eine halbe Sekunde später tauchte Penelop abermals empor, stieß durch Laub, das trocken in ihren Ohren knisterte.

*Wupp,* hier ging das ja ganz leicht. Schon war sie draußen. Komplett an einem Stück. Nur violette Punkte pulsierten ihr vor den Augen, und ein wenig taumelig fühlte sie sich. Vielleicht kam das vom Erdwandeln oder von dem, was Herr Aegir von sich gegeben hatte.

Ringsum war Wald und Wald und Wald. Penelop hatte nach dem Versickern im Beet nur einen einzigen winzigen Hauchschritt gesetzt, um nicht gleich wieder in Usbekistan, Alaska oder sonst wo zu landen. Hoffentlich war das jetzt der richtige Wald hier.

Ich muss zu Gina, dachte sie benommen und wischte

sich übers Gesicht. Und zu den anderen. Ich muss schnell ins Camp zurück! Sie wollte loseilen. Doch ihr rechtes Bein lief nach links, und ihr linkes Bein war wie Gelee, und Penelop fiel hin, und im selben Moment zuckte ihr der Nacken!

*Wupp!*

Die Erde spuckte noch jemanden aus. Hinter einer dürren Brombeerranke wuchs blitzartig Frau Winkel hervor.

»Endlich habe ich dich erwischt!« Sie funkelte auf Penelop hinab, und aus dem Ärmel ihres Kleides krümelten Vulkansteinchen und rötlicher Sand. »Dem Himmel sei Dank! Du bist heil und ganz. Was hast du dir nur dabei gedacht?«

Eiernd rappelte Penelop sich in den Stand, wankte ein bisschen und schluckte.

»Verzeih«, sagte Frau Winkel da etwas sanfter und machte einen Schritt auf sie zu. »Ich war wütend vor Sorge. Kannst du schon sprechen?«

Penelop gab einen Krächzlaut von sich.

»Lass uns ein wenig gehen«, entschied Frau Winkel. »Langsam. Das tut immer gut nach einem Erdmarsch.«

Sie setzte sich in Bewegung, schlenderte wie durch einen Schlossgarten, und ihr langes Kleid raschelte leise über die Blätter am Boden. Penelop folgte ihr. Vorsichtig. Allmählich gewannen ihre Schritte an Trittfestigkeit.

»Wie hast du es nur zurückgeschafft?«, wunderte sich Frau Winkel.

»Mit der St-Straße«, antwortete Penelop wahrheitsgemäß. Das Sprechen funktionierte wieder.

»Mit der Straße?«

»Ich kann sie hören«, erläuterte Penelop. »Und manchmal darf ich auch mitfahren.« Dass die Straße Frau Winkel einen Erdwurm nannte und nicht sonderlich gut auf sie zu sprechen war, behielt sie lieber für sich.

»Wirklich?«, murmelte Frau Winkel. »Na so was.« Dann schien sie in Gedanken zu versinken, und der Nachmittag versank allmählich im Abend.

Plötzlich fand Frau Winkel die Sprache wieder: »Du hast mich heute Morgen besuchen wollen. Was wolltest du eigentlich?«

Ja, heute Morgen hatte Penelop alles Mögliche fragen wollen. Aber jetzt fiel es ihr schwer, einfach so den Einstieg zu finden.

»Als Sie bei uns am Fluss gewesen sind«, setzte sie tastend an. »Also, meine Freunde und ich sind da mit Kajaks an Ihnen vorbeigeschippert. Wie Sie dort hingelangt sind, weiß ich ja nun. Aber weshalb sucht der Maulwurf den Falken?«

Frau Winkel blieb stehen und sah Penelop direkt an. Mit Augen, die dunkel schimmerten wie zwei tiefe Seen.

»Weil er dem Falken zuflüstern möchte, dass er lebt!«, lächelte sie beinahe zärtlich. »Denn der Falke glaubt, dass ich unter der Erde liege. So wie ich leider auch lange glaubte, dass er tot sei.«

Ihr Blick glitt fort von Penelop, hinauf in die rauschenden Wipfel der Bäume.

»Meine Art zu reisen hast du heute gründlich kennengelernt. Was ist mit deiner? Wenn ich mich nicht täusche, müsstest du dort hinaufkommen?«

Ein leises Lächeln zupfte an Penelops Mundwinkeln. Und dann wurde sie einfach luftleicht, stieg und stieg und pflückte oben in der Baumkrone einen Mistelzweig. Den Rückweg gestaltete sie etwas sportlicher. Federnd kam sie vor der alten Dame auf und überreichte ihr das Souvenir aus der Baumkrone.

»Hat er es dir beigebracht?«, fragte Frau Winkel leise.

Penelop schüttelte den Kopf. »Was wollen Sie von ihm?«

»Zum Beispiel soll er mir helfen, ein für alle Mal das Mädchenverbot aus der Welt zu schaffen«, antwortete Frau Winkel geradeheraus und setzte sich wieder in Bewegung.

»Was???!« Penelop stolperte ihr nach.

»Frauen verfügen über dieselbe magische Kraft wie Männer. Aber es fällt ihnen oft leichter, sie zu nutzen und sie auszubalancieren. Deswegen wurden Mädchen wohl nie zum Unterricht zugelassen. Sie sollten sich nicht zu sehr entwickeln. Männer in Machtpositionen hatten Angst davor.

Als ich ein Mädchen war, wollte ich aber trotzdem zum Unterricht. Also tauchte ich dort kurzerhand als Junge auf.«

Penelop warf Frau Winkel einen Seitenblick zu. Sie konnte sie sich absolut nicht als Junge vorstellen.

»Jahrelang habe ich das praktiziert. Aber als ich erwachsen wurde und meine Kraft zunahm, beschloss ich, dass nicht Mädchen zu Jungen, sondern dass die Gesetze anders werden mussten!« Sie lächelte. Doch das Lächeln sah traurig aus, ja beinahe entschuldigend. »Also habe ich einen Zauber entwickelt, der das Unterrichtsverbot aus unserer Gesetzesschreibung heraustilgte.«

»So etwas vermögen Sie?« Penelop war halb beeindruckt, halb erstaunt. Doch dann fiel ihr ein, dass ihr Vater etwas anderes berichtet hatte. Nämlich dass Alpha Regius und niemand anderes es gewesen sei, der das ganze alte System umgekrempelt hatte. Und ihrem Vater glaubte Penelop mehr als dieser Frau. Sie begann sie zwar zu mögen, aber sie kannte sie doch kaum.

»Ja, so etwas vermag ich«, murmelte Frau Winkel. »Oder vielmehr, ich vermochte es! Denn jetzt ist mir der verflixte Bann ja zusammengebrochen.« Sie klopfte sich auf die Brust. »Zu alt, zu krank und ausgezehrt, deswegen wurde das Verbot vor einigen Wochen in all unseren Gesetzbüchern wieder verzeichnet!«

Penelop schwieg. So war das alles gewesen?

»Anfangs glaubte ich noch, es sei nicht schlimm«, fuhr Frau Winkel fort. »Unsere Zeiten haben sich schließlich geändert. Ich dachte, alle würden das Verbot schlichtweg ignorieren. Aber falsch gedacht! Die Leitungen der Camps haben entweder die Camps komplett abgesagt, oder sie haben die Mädchen tatsächlich ausgeladen! Niemand hatte das Rückgrat, sich diesem Geschreibsel zu widersetzen. Wie sehr ich ihnen auch zuredete. Was kann schon groß passieren?«

Ein Eichelhäher stieß über ihre Köpfe hinweg und krakeelte seinen Warnruf durch den Wald. Ein zweiter antworte ihm.

Dass der Kondor kommt, das kann passieren, dachte Penelop. Das hatte zumindest Herr Aegir vorhin gesagt. Dass diese Leute sich zusammenrotteten. Und Mortenius hatte sie eine Möchtegernpolizei genannt.

»Darf ich mich ein wenig auf dich stützen? Mein Bein macht das nicht mehr mit«, riss Frau Winkel Penelop aus den Gedanken, denn es ging nun steil bergauf.

Penelop nickte. Als sie Frau Winkels feingliedrige Hand auf ihrer Schulter spürte, presste sie hervor:

»Was genau hatten Sie damals mit dem *Goldenen Kondor* zu tun?«

»Ich habe gegen diese Organisation gekämpft. Oft mit Magie. Und heute tue ich es wieder. Aber versuche es lieber ohne. Das hält besser!«, sagte Frau Winkel, und ihre Stimme zitterte ein wenig. »Der *Goldene Kondor* gewinnt wieder an Einfluss, an enormem Einfluss, und wie du siehst, fehlt es mir an Kraft, dagegen anzukämpfen.

Wir brauchen mehr Menschen, die anders denken, frei, die keine Angst haben. Und die gleichzeitig auch fähig und mutig sind, sich dem Kondor entgegenzustellen. Menschen wie die Elwings, wie die Mutter von Jasper Wins und wie dein Vater!«

Das Gewicht auf Penelops Schulter nahm zu.

»Nachdem Alpha Regius gestorben war, war auch Leopold Gowinder verschwunden«, nahm Frau Winkel den Faden wieder auf. »Niemand wusste, wo er hin war. Und nach einigen Jahren waren sich alle sicher, dass das Großtalent Leopold Gowinder ebenfalls tot sei. Auch ich habe dies angenommen und habe sehr getrauert.

Als Anfang dieses Jahres ein Gerücht umherschwirrte, Leopold Gowinder sei eventuell in der Nähe unseres Hauptquartiers gesichtet worden, habe ich wieder begonnen, nach ihm zu suchen. Zweimal glaubte ich, ihn gespürt und gefunden zu haben. Einmal an diesem Fluss und einmal in der Nähe eines Holzhauses. Doch anscheinend warst das immer du. Auch wenn ich dich bei den Kajakkindern gar nicht gesehen habe.«

Sie kamen nun an der Flussschlucht an. Die Dämmerung brach an. Ein halber Mond lugte silbrig und weiß hinter dunklen Baumspitzen empor. Penelop dachte an den Abend, als sie auf ihren Vater gewartet hatte. Draußen auf der kleinen Holzstufe des Drachenhauses. An jenem Abend hatte sie jemanden im Nebel gespürt, und es hatte nach frischer Erde gerochen.

»Mein Vater hat eine Aschenpaste für die Haare entwickelt. Wenn er sie verwendet, kann unsereins ihn nicht mehr spüren.«

»Er ist unglaublich«, lachte Frau Winkel weich. »Er war schon immer besonders!«

»Er sagte mir, er hätte Sie nur zweimal gesehen«, sagte Penelop ein wenig forschend.

»Das ist wohl wahr«, flüsterte Frau Winkel. »Dort vorne kommt die erste Brücke, du musst dich jetzt beeilen. Nimm am besten den Luftweg. Es wird bald komplett dunkel sein. Ich muss schleunigst nach Hause und schlafen, ich bin sehr erschöpft. Aber lass uns morgen unbedingt weitersprechen, ja? Komm gleich in der Früh wieder zu mir. Ich würde mich sehr freuen, wenn deine Freundin ebenfalls mitkommt.«

»Aber?« Penelop wollte gerne jetzt noch weitersprechen, doch Frau Winkel trat ein paar Schritte zurück, dort, wo kein Stein, sondern Pflanzen waren. Und dann versickerte sie.

Penelop starrte auf die Stelle, wo die alte Lehrerin eben noch gestanden hatte. Einige Atemzüge lang wartete sie, dann stieg sie empor in die tiefblaue Luft. Als sie die Wackelbrücke überflog, hörte sie Frau Winkel mit trockener Stimme rufen:

»Perryyyyyy!!!!!!!! Wie heißt du eigentlich richtig?!!!!!«

»Ich bin Penelop!«, rief Penelop zurück, dass es in der ganzen Schlucht hallte.

## 30
## Der Ruf des Kondors

Im Gegensatz zu Frau Winkels Vorhersage wurde es nicht komplett dunkel. Der Mond kletterte am Himmel empor, als hätte er es eilig, Penelop den Weg zu leuchten.

Sie kurvte wie ein dunkler Schatten durch das Flusstal und genoss die Luft, die ihr die kurzen Haare nach hinten pustete. Sie dachte an gar nichts. Obwohl sie nun so viel erfahren hatte, gab es in diesem Augenblick einfach nur das Fliegen.

Gerade als sie beschloss, höher zu steigen, um die Halbmonde des Camps vielleicht schon irgendwo im dunklen Boden leuchten zu sehen, gerade als sie das beschloss, zuckte ihr ein ums andere Mal der Nacken, und Schauer um Schauer jagte ihr die Wirbelsäule entlang.

Ihr Schreck darüber riss sie aus der Flugbahn, und ein dunkler Felsvorsprung rauschte ihr plötzlich entgegen. Hilfe! Penelop bog sich. Sie zog die Beine zum Bauch und kullerte in eine Schieflage. Haarscharf raste sie an dem Felsen vorbei. Sie griff sich ins Haar, riss es nach oben und trudelte im nächsten Moment in Schwerelosigkeit. Ein zweiter Felsen ragte schräg unter ihr über den Fluss. Sie ruderte, streckte die Füße danach aus. Ein loser Stein polterte in die Tiefe. Sie rutschte ab, aber dann landete sie auf allen vieren auf dem Vorsprung und keuchte.

»Wie weit sollen wir denn noch?!!! Mir werden die Arme lahm!«, schallte eine raue Männerstimme zu ihr herauf. Penelop krabbelte an den Rand des Felsens und blickte hinab.

Im Mondlicht zeichneten sich dunkle Vierecke auf dem Wasser ab. Flöße. Fünfzehn oder mehr. Auf jedem standen zwei Gestalten, kräftig rudernd.

»Bis zur Anlegestelle natürlich«, kam es nun herrisch von einem zweiten Mann. »Oder ist einer von euch etwa erpicht darauf, auf dem Wasser zu nächtigen?«

»Sicherlich nicht! Aber warum beschleunigen wir die verfluchten Flöße nicht mit dem Phorroxring? Ein giftblaues Licht hätten wir dann ebenfalls«, schnaubte die raue Stimme.

»Weil uns dieser Ringbann viel zu viel Energie kostet!!!«, rief der Herrische. »Sofern wir keine Pause einlegen, sind wir kurz vor Morgengrauen im Camp. Das hat Arno aus den

Flößern herausgepresst. Und das sollte wohl früh genug sein!«

»Da können wir uns ja gleich ein Frühstück servieren lassen«, grölte ein dritter und erntete Gelächter, das zwischen den Felswänden hin und her dröhnte.

»Wir kommen nicht zum Essen, sondern um Präsenz zu zeigen!«, brachte der Herrische das Lachen zum Erliegen. »Die Schüler, die sich dieses Jahr im Camp aufhalten, werden unserer Sache eventuell nicht abgeneigt sein. Frauenversteher sind heuer ja ferngeblieben, und das muss genutzt werden! Also benehmt euch nicht wie eine rabiate Horde! Dies ist das oberste Gebot, das uns der Altkondor auferlegt hat!«

»Und die Lehrer? Was ist mit denen? Die werden nicht gerade in Begeisterung ausbrechen, wenn wir bei ihnen auftauchen«, kam es wieder von dem Raustimmigen.

»Die Lehrer sind, bis auf Mandras, fort. Und mit ihr wird wohl jeder Schwächling fertig!« Das hatte eine neue Stimme gesagt, die kälter klang als Eis.

Penelop konnte sich nicht rühren. Nur ihr Herz sprang wild in ihrer Brust herum. Sie wollte diesen Leuten niemals von Angesicht zu Angesicht begegnen. Niemals. Doch sie waren auf dem Weg zum Camp.

»Wisst ihr, was die Flößer mir gegenüber behauptet haben?«, meldete sich nun eine eher jugendliche Stimme. »Sie haben gemunkelt, dass sich in diesem Camp ein Mädchen aufhalte.«

Plötzlich redeten alle Männer durcheinander.

»Das ist Geschwätz! Die Flößer machen sich nur gern interessant«, stellte der Herrische klar.

»Und wenn es stimmt?«, fragte die jugendliche Stimme. »Was machen wir mit dem Mädchen?«

»Na was schon?«, spuckte der Herrische über den Fluss. »Wir nehmen es mit!«

Dann verstand Penelop nichts mehr. Die dunklen Gefährte waren vorüber. Auf den Rücken der Männer schimmerte im silbrigen Licht das Zeichen eines großen Vogels.

»Papa«, flüsterte sie und tastete nach der Falkenfeder und der kleinen Flasche mit der Dritten-Hand-Erde in der Innentasche ihres Parkas. »Papa, Hilfe!«

Doch hier auf dem Felsen konnte Penelop keine Kuhle graben. Sie benötigte weichen Boden. Sie musste in den Wald oder – noch besser – gleich ins Camp. Schon wollte sie wieder in die Luft steigen, da schob sich eine dicke Wolke vor den Mond und tauchte sie selbst und die Welt ringsum in komplette Finsternis.

Penelops Unterlippe begann zu zittern. Sie musste sofort los. Aber im Dunkeln zu fliegen war gefährlich. Auch wenn sie oberhalb der Felsen flog. Eine Eule oder eine Fledermaus könnte ihr ins Gesicht klatschen.

Quatsch, Penelop!, dachte sie dann. Wenn du die Fluggeschöpfe der Nacht nicht wahrnehmen kannst, so gilt es nicht automatisch umgekehrt.

Behutsam hob sie ab. Hoch, dann bäuchlings und voran. Alles war schwarz. Sie atmete einmal tief aus, flog eine Biegung und danach zügig dahin. Sie wusste nicht, wie sie sich orientierte. Sie wusste es einfach. Nicht in Erde war sie unterwegs. Sie war in der Luft. Wie ein Zugvogel, der seine uralte Route im seinem kleinen Vogelherz trägt, steuerte sie durch die Finsternis. Bis in der Ferne ein Lichtgesteck auftauchte. Penelop hielt darauf zu.

## 31
## Der Ruf nach Hilfe

In jeder anderen Nacht hätte der Luftanblick des Camps ihr sicherlich den Atem geraubt. Doch für Schönheit war jetzt keine Zeit.

*Schschkkk!* Penelop landete direkt hinter der leuchtenden Dione und ließ sich auf die Knie sacken. Hier wuchsen trockene Bodendecker, und darunter war Erde! Sie musste ihren Vater sofort benachrichtigen.

Sie zerrte an den kleinen Gewächsen und begann dann, mit bloßen Fingernägeln zu scharren. Aber das brachte nicht viel. Fahrig riss sie die Flasche aus der Jackentasche, zerschlug sie auf einem Stein und ließ die beschworene Erde in die eine Hand rieseln. Mit der anderen umklammerte sie den Flaschenrest und hebelte damit im Boden herum. Ein schmaler Spalt gelang ihr. Das reichte nicht. Sie brauchte ein richtiges Loch. Sie grub weiter. Etwas stach ihr in die Handfläche. Egal. Jetzt war die Kuhle groß genug. Ausklopfen, Erde hinein, noch mal klopfen. Reichte das?

Die Antwort kam im Nu. Die weißen Flammenzungen hätten Penelop beinahe gebissen, so jäh zischten sie nun aus dem dunklen Erdloch empor. Penelop riss ihre Hand zurück. Da rollten sich die Flammen schon wieder ein und wurden von dem schlammbraunen Qualm gefressen. Dann war die Kuhle wieder leer.

Penelop wischte sich über die schweißnasse Stirn. Die Feder hielt sie fest umklammert. Ihr Atmen ging stoßweise.

Also, los jetzt! Vorsichtig tauchte sie ihre Hand in die Kuhle, hinein ins dunkle Nichts.

Sie spürte keine Kälte, keine Wärme, keine Reibung. Sie spürte gar nichts. Ihre Hand war nicht mehr vorhanden, um etwas zu spüren. Was jetzt?

Sie musste die Feder ablegen. Wie sollte sie das machen, wenn sie ihre eigene Hand gar nicht mehr mitbekam? Wie sollte sie sie bewegen? Hielt sie überhaupt noch die Feder?

Stopp, dachte Penelop. Ich muss mich doch auf den Küchentisch konzentrieren! Das hatte sie ganz vergessen.

Aber einfach war das nicht. Denn um sich etwas genau vorzustellen, braucht man Ruhe. Und die hatte Penelop nicht. Zwar kannte sie jede Linie und jede Kerbe im Tisch genau, aber sie verwaberten ihr nun vor ihrem inneren Auge.

Mit einem Mal war da etwas Feuchtes. Etwas Warmes, das immer wieder eine Bewegung ausführte.

Weit weg, zu Hause im Drachenhaus, als wäre sie ganz nahe hier bei ihr, schleckte eine raue Zunge Penelop die Finger. Finger, die sie wie durch einen Zauber wieder spüren konnte.

»Oh, Cucuu«, flüsterte Penelop voll Zuneigung, und im nächsten Augenblick nahm sie das Holz der Tischplatte wahr. Sie legte die Falkenfeder ab. Hoffentlich würde ihr Vater die Feder entdecken, bevor es zu spät war.

»Bist du völlig verrückt geworden?!!! Einfach so zu verschwinden?! Wo bist du gewesen?!«

Penelop riss die Hand aus dem Loch. Wer schon einmal hinter einem Schlafmond eine Dritte-Hand-Kuhle gebuddelt hat, weiß, dass man absolut erschrickt, wenn plötzlich jemand neben einem steht und losbrüllt.

»Was glaubst du, was Sanan, Mo und ich deinetwegen veranstaltet haben?« Ginas Gesicht war so zornrot gefärbt, dass es sogar hier im Schummerlicht gut zu erkennen war. »Aber ewig konnten wir Frau Mandras auch nicht belügen! Juno, Jasper, Gian und sie sind mit Laternen unterwegs und suchen überall nach dir! Und du hockst hier und spielst Sandkasten?! Das kann einfach nicht wahr sein!«

»Ist es auch nicht.« Penelop sprang auf. »Gina, du musst mir helfen!«

»Was ist denn, was ist denn geschehen?« Gina sah die Freundin an. Penelop sah mitgenommen und zerzaust aus.

»Der Kondor kommt!«, stieß Penelop hervor.

»Was?«

»Ich habe meinem Vater gerade eine Feder geschickt, und wir müssen sofort allen Bescheid sagen.«

Ginas Gesicht verlor alle Farbe. »Aber den Kondor gibt es doch gar nicht mehr. Und außerdem ...«

»Ich habe diese Männer gesehen.« Penelop rannte los. Und Gina stolperte hinterher.

Wenig später ertönte der Campgong. Überall schlüpften verdutzte Jungen aus den Monden heraus und schlappten zum laternenerhellten Sandplatz. Gina hielt einen mächtigen Holzschlägel und drosch damit gegen die goldene Metallscheibe, dass sie nur so vibrierte und summte. Penelop stand dicht neben ihr.

»Was ist los?« »Spinnt ihr?«, riefen alle kreuz und quer.

»Na, Perry, netten Ausflug gehabt? Das gibt ordentlich Ärger!«

»Ist jemand was passiert?«

»Haltet eure Klappe und hört zu!« Gina funkelte sie alle an. Und weil von ihr und Penelop großer Ernst ausging, verstummte die Menge tatsächlich recht schnell. Penelop wollte gerade loslegen, da entstand neuer Tumult. Gian und Juno kamen angerannt. Sie trugen kleine Kupferlaternen, in denen es blau brannte. Dann knackten die dunklen Äste des Riesenbaumes und etwas krachte. Jasper sprang zu Boden. Gleichzeitig eilte Frau Mandras mit rauschendem Kleid quer durch die Büsche.

»Perry!!!« Sie stob auf Penelop zu und ergriff sie am Handgelenk. »Du kommst sofort mit in meinen Mond! Wenn du glaubst, du könntest dir alles erlauben, dann irrst du dich! Das wird Konsequenzen haben!«

»Frau Mandras! Bitte lassen Sie mich los.« Penelop wehrte sich. »Hören Sie mir zu. Der Kondor kommt hierher.«

»Red keinen Unsinn!« Frau Mandras fasste fester zu, aber Jasper murmelte etwas von Überblick verschaffen, bevor man handle.

Schlagartig ging in der Lehrerin eine Wandlung vor.

»Natürlich, natürlich. Du hast völlig recht, das hat Alpha Regius immer gesagt«, pflichtete sie Jasper hastig bei und ließ Penelops Handgelenk frei. »Perry! Berichte, wo du gewesen bist und was hier los ist!«

Da holte Penelop Luft und begann zu erzählen.

Von dem, was Herr Aegir und Mortenius gesagt hatten. Und dass sie selbst die schwarzen Flöße voll mit Männern in Kondorjacken gesehen hatte und dass diese Männer unterwegs zum Camp waren.

Als Penelop geendet hatte, wogten Anspannung und Unsicherheit zwischen den Jungen herum, nur Thelonius knurrte:

»Und was genau ist jetzt dein Problem, Perry?« In seinem Blick lag blankes Misstrauen.

»Na, dass wir keine Kondorleute hier haben wollen!«, fuhr ihn Juno an.

»Ach, echt?«, schnaubte Thelonius

»Und dass wir hier im Camp nicht alle Jungs sind!«, sagte Penelop leise.

»Moment mal, was soll das heißen?«, erkundigte sich Frau Mandras.

»Dass es hier auch Mädchen gibt«, sagte Gina, woraufhin sich alle verdutzt umschauten und einander anblickten, als sähen sie sich soeben zum ersten Mal.

»Wenn ich das recht verstehe …«, begann Frau Mandras wieder, »… dann …«

»Dann haben sich Mädchen als Jungen ausgegeben, um hier teilnehmen zu dürfen! Richtig!«, beendete Gian ihren Satz. »Und für die ist es sicherlich nicht gesund, dem Kondor in die Hände zu fallen! Und für uns andere eigentlich auch nicht!«

Man konnte Frau Mandras vieles vorwerfen, aber nicht, dass sie nicht weiterhin am Überblick arbeitete.

Sie schritt aus dem noch immer sich gegenseitig musternden Schülerknäuel und stieg auf einen der Felsen weiter hinten.

»Wir müssen sofort wissen, wen genau wir verstecken müssen!«, sprach sie mit überraschender Kraft. »Alle Mädchen kommen bitte zu mir. Und um eventuelle Bedenken gleich zu zerstreuen …« Sie sah Thelonius scharf an. »Niemand wird ausgelacht, und niemand wird deshalb aus dem Camp gewiesen! Dafür bürge ich. Möge Alpha Regius uns beistehen!«

## 32
## Mädchenmagie

Gina stapfte los und stellte sich neben Frau Mandras. Die Lehrerin nickte ihr zu und gab sich sichtlich Mühe, Gelassenheit auszustrahlen.

Penelop gab sich einen Ruck und gesellte sich zu ihnen. Irgendwie war es nicht ganz leicht, das ungläubige Gemurmel der Jungen auszuhalten.

»Perry auch?« »Echt?«

Sie rückte dichter an Gina heran, so dass ihre Arme sich berührten. Aus weit aufgerissenen Augen und mit offenen Mündern wurden sie angestarrt. Ja, Thelonius taxierte Penelop sogar mit einem regelrecht feindseligen Blick. Von ihren roten Haarspitzen bis zum erdverschmierten Schuhwerk und wieder zurück.

Da löste sich Henry aus dem Pulk der Jungen und tappte zu Penelop und Gina dazu.

Sie sahen sich kurz an. Nobu, ein kompakter asiatischer Junge aus dem Hyperionmond, folgte.

Dann Franz. Franz?! Wirklich? Franz? Das war doch nicht möglich. Nun war Penelop es, die ungläubig aus ihrem Parka herausschaute. Doch ihr Mund öffnete sich erst einen Moment später.

Eine Flut brach aus. Eine Jungenwelle rollte los und brandete an die Mädchenseite.

Neben Penelop verfiel Frau Mandras in Schnappatmung.

Ihnen gegenüber standen Gian, Juno, Jasper, Mo, Sanan, Thelonius und allerhöchstens noch zwanzig andere.

Gian sah Juno an, und Juno sah Jasper an, und Jasper stieß einen Pfiff aus, und Sanan machte sich auf den Weg, um in der Mitte der beiden Gruppen unschlüssig stehen zu bleiben, und Mo sagte: »Kann alles nicht sein«, und dann trabte Thelonius los und gruppierte sich ebenfalls zu den Mädchen.

Penelops Mund klappte zu.

»Wollt ihr mich zum Narren halten?«, keuchte Frau Mandras. »Ist das hier ein schlechter Witz?«

Kopfschütteln um sie herum.

»Ich hätte nie gedacht, dass du kein Junge bist«, raunte Thelonius Penelop zu.

»Das geht mir mit dir nicht anders«, stellte Penelop klar und sah in seine fast schwarzen Augen, in denen sich die Laternen spiegelten. Alle hier um sie herum waren ebenfalls Mädchen? Und Thelonius auch? »So abfällig wie du die ganze Zeit über Mädchen gesprochen hast«, fügte sie an. »Kann ich das eigentlich immer noch nicht glauben.«

»Ja, ich weiß, das war nicht so cool.« Thelonius legte den Kopf ein wenig schief. »Aber du hast mich am ersten Tag so durchdringend angeguckt. Ich hatte Angst, dass du mich durchschaust. Deswegen habe ich so auf die Tube gedrückt!«

Penelop versuchte, sich zu erinnern. Hatte sie durchdringend geguckt? Wenn ja, dann aus Versehen.

»Wir haben keine Zeit!«, rief Frau Mandras nun.

»Du und Gino«, fügte Thelonius noch hastig hinzu. »Ihr hattet euch ja gegenseitig. Aber ich hatte nur mich, und ich dachte ja die ganze Zeit, ich sei die einzige Getarnte hier. Ich war allein und hatte Angst. Und gerade eben, als du vom Kondor angefangen hast, da dachte ich, du sagst das nur, damit ich endlich zugebe, dass ich ein Mädchen bin und ...«

»Wie lange wollt ihr hier noch rumsäuseln?!«, mischte sich Gina ein. »Wir haben im Moment keine Zeit für Kaffeeklatsch. Sag, wie du heißt, Thelonius, und dann brauchen wir einen Plan!«

Damit war das Ganze auf eine praktische Ebene gebracht.

»Ich bin Yella«, stellte sich das Thelonius-Mädchen vor und grinste mit einem Mundwinkel. Und wie sie es am ersten Tag im Camp schon getan hatte, reichte sie Penelop und Gina ihre Hand mit dem funkelnden Ring dran. Dieses Mal nahm Penelop sie.

»Ich heiße Penelop. Und das ist Gina!«

# 33
# Flucht vor Ort

»Es wird umgehend gepackt!«, verkündete Frau Mandras. »Wenn die Kondormänner bei Tagesanbruch hier aufkreuzen, werden sie leere Monde vorfinden!«

»Wir sollen weglaufen?« Jaspers sonst so ruhiges Gesicht nahm einen besorgten Ausdruck an. »Der Kondor wird uns nachkommen! Dann sind wir völlig ohne Schutz. Hier im Camp aber werden früher oder später Mortenius und Herr Aegir auftauchen und …«

»Und Penelops Vater!«, fügte Gina eifrig hinzu. »Der ist einer von den ganz Großen. Der kann uns bestimmt …«

»Wir laufen nicht weg!«, unterbrach Frau Mandras die beiden. »Wir werden lediglich … verschwinden! Geht jetzt packen, jedes Papierchen muss fort! Und füllt Wasser ab!«

Da rannten alle durch das nächtliche Camp zu ihren Monden. Viele voller Angst, andere ungläubig, wieder andere neugierig aufgeregt. Es war ein großes Durcheinander.

Hektisch wurden Rucksäcke vollgestopft, Flaschen im Badezimmermond gefüllt, Betten zurechtgezerrt, Schuhe ins Freie gepfeffert. Mo presste Sanans Sachen in seinen Seesack, damit es schneller ging. Penelop fand ihre Zahnbürste nicht. Jasper, Gian und Juno rannten von Mond zu Mond, um sie mit Reinigungszaubern zu besprechen. Die Teppiche rollten sich zusammen, sprangen aus den Behausungen und schüttelten sich aus. Die Feuer in den Öfen erloschen, und die verbleibende Asche verwirbelte sich in Strudeln wie abfließendes Wasser und verschwand. Wohin auch immer.

Irgendwann fanden sich alle wieder unter dem Baum ein, die Rucksäcke geschultert. Nur Frau Mandras wehte noch hierhin und dorthin und war immer wieder als wuschiger Schatten zu sehen.

»Da kann die gute Frau ja anscheinend doch was«, meinte Yella und nickte anerkennend. Penelop erlebte plötzlich alles wie durch Watte. Sie war erschöpft von all der Anstrengung heute. »Frau Mandras hat sich also die ganze Zeit über nur unfähig gestellt«, fuhr Yella fort. »So eine große Gruppe vermag sie verschwinden zu lassen! Das ist der absolute Wahnsinn!«

»… zweiundfünfzig Mädchen und Jungen, drei Assistenten und ich selbst.« Frau Mandras keuchte, als sie ebenfalls unter den Baum kam. »Kommt!«

Eilig schritt sie durch die Büsche, und alle folgten ihr. Vor dem Toilettenmond hielt sie an. Sein fahles Licht fiel auf sanduhrförmige Behältnisse, die im grauen Gras aufgereiht waren. Sie gaben leise, trocken knisternde Geräusche von sich.

»Jede Gruppe nimmt sich solch eine Proviantuhr. Bei Wendung füllt sich der jeweils obere Trichter innerhalb eines Tages mit Notnahrung auf. Hier unten an dem Rädchen könnt ihr die Geschmacksrichtungen einstellen. Und nun rein mit euch.« Frau Mandras machte mit Kopf und Arm eine Bewegung zum Eingang des Toilettenmonds.

»Was? Da hinein?«, rief das Henrymädchen, begleitet von allgemeinem ungläubigem Getuschel. Ein Junge aus dem Hyperionmond staunte. »Gibt's da drin einen Geheimgang?«

»Papperlapapp! Es ist lediglich unser einziger Mond, in den niemand hineingelangt, solange einer von euch auf dem Klo sitzt. Geht bitte immer zu siebt oder acht!«

»Aber …« Mo sah Penelop an.

»Nichts aber«, korrigierte ihn Frau Mandras sogleich. »Ihr habt Essen, ihr habt Wasser, eine Toilette und genügend Platz zum Liegen. Wir sind hier in einem Alpha-Regius-Camp, und Alpha Regius war erfinderisch!«

»Ja und Alpha Regius hätte nicht die Flucht ergriffen. Er hätte gekämpft!«, kam es nun von Yella.

»Natürlich hätte Alpha Regius gekämpft!«, brauste Frau Mandras auf. »Er war ein mächtiger Mann! Keine Frau mit einer Schar hilfloser Kinder! Vielleicht fällt dir da ein Unterschied auf!«

»Wie lange sollen wir denn da drin ausharren?«, fragte Juno nun ein wenig einlenkend.

»Bis Mortenius, Herr Aegir und Perrys, äh Penelops Vater hier sind!« Frau Mandras nahm zwei Proviantuhren hoch und hielt sie den Kindern hin.

»Warum können wir nicht einfach draußen bleiben?« Ein hageres Mädchen schob sich nach vorne, und ihr Kinn tat dies ebenfalls. »Wir sehen alle doch so sehr wie Jungen aus, dass wir es gegenseitig nicht bemerkt haben.«

»Wir haben es mit dem *Goldenen Kondor* zu tun!!!« Frau Mandras' Stimme wurde schrill. »Du kennst solche Leute nicht. Wenn die hier ein Mädchen vermuten, dann ziehen sie euch zur Not auch die Hosen herunter! Ich habe die Verantwortung für euch. Und ihr tut jetzt, was ich sage!«

»In Ordnung, Frau Mandras. Ich bin froh, dass wir hierbleiben und nicht weglaufen«, sagte Jasper, nahm der Lehrerin behutsam den Doppeltrichter aus der Hand und verschwand damit im Toilettenmond. Gian und Juno taten es ihm nach. Mo folgte ihnen. Und da beeilten sich auch Penelop und Gina hinterherzukommen, wobei sie Sanan am Ärmel mit sich zogen.

Im Inneren des Mondes war es vakuumstill. Das Licht sah aus, als würden milde Sonnenstrahlen hereinfallen. Das Klo stand weiß glänzend und einsam im goldbraunen Gras. Japser hob den Deckel an. »Alle drin?« Er setzte sich darauf, dann lächelte er sanft in die Runde. »Ich werde wach bleiben. Legt euch hin und schlaft ein bisschen.«

»Okay, weck mich in 'ner Stunde, dann lös ich dich ab«, bot Juno an. Gian putzte sich die Nase und brummte. »Bin auch mit von der Partie.«

Penelop hätte auch angeboten, eine Sitzschicht zu übernehmen, aber als Jasper das Wort schlafen ausgesprochen hatte, hatten Müdigkeit und Erschöpfung sie einfach niedergepustet. Sie lag im Gras und schlief in der nächsten Sekunde ein.

## 34
## Kampf dem Kondor!

*Murmel, murmel, murmel.*

Penelop wurde wach. Sie war benommen. Ein trockener Grashalm pikste sie in die Nase, und sie konnte sich nicht gleich entsinnen, wo sie war.

*Murmel, murmel.*

»… nicht zulassen, dass die einfach hier durchstreifen …« Jaspers Stimme.

»… ich hätte auch Lust auf mehr …« Gians Flüstern.

»… die Kleinen können wir hier aber nur kurz ohne Verriegelung liegen lassen.« Das war Juno.

Penelop fuhr hoch. Die drei Jungs waren dabei, nach draußen zu schlüpfen.

»Was macht ihr?«

Gian fuhr erschrocken herum, aber Juno band seine Dreadlocks nach hinten und schob seine breite Brust nach vorne.

»Wir werden unserem Besuch einen Schockzauber vor den Latz knallen.« Sein Blick funkelte, als hätte er das, was er vorhatte, bereits vollbracht.

»Das sind ausgewachsene Kerle! Die kannst du nicht mit ›Gabel-wird-Löffel‹ abwehren«, stellte Penelop flüsternd klar.

»Das wissen wir«, antwortete Jasper leise. »Aber wir können auch nicht zulassen, dass diese Bande auch nur einen Fuß ins Camp setzt. Hat dieser Schlag Männer den erst mal wo drin, ist es schwierig, sie wieder loszuwerden. Die sind wie Sickergift.«

Sanan wälzte sich seufzend auf die andere Seite.

»Ich werde versuchen, eine Art Schutzmond ums Camp zu legen«, flüsterte Jasper weiter. »Mit etwas vor den Latz knallen hat das nichts zu tun. Gian und Juno stiften mir lediglich ihre Kraft.«

Mit einem Mal war Penelop blitzwach. Sie sprang auf.

»Meine kannst du auch haben. Ich komm mit.«

Jasper zögerte kurz, doch dann nickte er ihr beinahe dankbar zu. »Okay.«

Sie schlüpften ins Freie.

Die schmalen Wege des Camps waren stockfinster. Keiner der Monde leuchtete, auch nicht der am Himmel. Penelop hörte Juno am Boden herumtasten und dabei etwas murmeln. Wenig später hielt er ein flaches, weiß-grünliches

Licht zwischen den Händen, das sein Gesicht erhellte. Er bewegte es auf und ab, so dass es sich teilte und er ihnen allen eine Lichtscheibe reichen konnte.

»Wow«, flüsterte Penelop. Doch weil die Jungen schon losgesprintet waren, blieb keine Zeit für weitere Bewunderung, und sie düste ihnen hinterher, hinauf auf die Anhöhe.

»Juno, Gian, stellt euch schräg hinter mich und legt mir eine Hand zwischen die Schulterblätter«, gab Jasper Anweisung, nachdem sie die Lichtscheiben in einen Strauch gehängt hatten. »Penelop, du nimmst Position hinter Juno.«

Wortlos formierten sie sich. Jasper begann zu murmeln, dann legte er los.

Penelop spürte wie eine enorme Kraft sie durchwogte. Direkt aus dem Boden. Sie stand fest, ohne zu wanken, und ließ diese Kraft über ihre Hand in Junos Rücken fließen.

»Was tust du denn?« Juno wirbelte herum. »Willst du mich umbringen?«

»T-Tut mir leid, ich …«, stotterte Penelop.

»Tauscht die Plätze«, presste Jasper hervor, ohne sich umzuwenden. Als Penelops Hand auf seinem Rücken landete, gab er einen entlasteten Laut von sich.

Am Himmel schob sich der Mond aus den Wolken. Er schüttete milchiges Licht über den Hügel und das Camp. Und plötzlich wurde alles in Penelop still. Es gab nur noch sie vier und ihr Stehen. Hier gemeinsam auf dem Hügel.

Jasper arbeitete auf Hochtouren. Er hielt die Arme leicht geöffnet. Mit stark angespannten Händen, die wie kleine

Schalen etwas aus der Luft aufzufangen schienen. Irgendwann japste Gian: »Ich kann nicht mehr«, und wenig später Juno: »Bin auch alle.«

Penelop runzelte die Stirn. Sie musste sich überhaupt nicht anstrengen. Sie kam sich lediglich vor wie ein Gartenschlauch, der Wasser zum Beet transportiert.

»Geht noch mehr?«, keuchte Jasper. Da begann Penelop zu schieben. Nicht dass sie Jasper tatsächlich anschob, sie schob die Kraft, die durch sie strömte, in ihn hinein.

Und dann sahen sie es.

Ein durchsichtiger Reif entstand um das Camp, wie der Ring des Saturns. Er schien immer dichter zu werden, dehnte sich höher und höher und begann sich zu wölben.

Unter Penelops Hand zitterte und zuckte Jaspers Körper. Ab und zu spuckte er aus.

Ein Sirren durchfuhr die Luft. Der Schutzmond hatte sich geschlossen, hoch über dem nachtdunklen Baum, wie eine große schützende Kuppel.

Jasper Hände sanken herab. Er krümmte sich und übergab sich.

»Zu krass!«, stieß Juno hervor, wobei nicht klar war, ob er Jaspers Können meinte, Penelops Kraft oder dass der Schutzmond nun komplett unsichtbar wurde.

»Echt absolut«, bestätigte Gian und zog die Nase hoch. Dann sagte Juno: »Echt zu krass«, und Gian: »Absolut echt.« Und Juno noch mal: »Absolut krass!«

»Alles klar bei dir, Penelop?«, keuchte Jasper. Penelop nickte und lächelte kurz, und Jasper wischte sich den

Mund ab und lächelte etwas länger zurück, und seine Augen glänzten.

Am Horizont erschien ein hellgelber Streifen. Es dämmerte.

»Los!« Gian pflückte das Scheibenlicht aus dem Strauch und eierte die Anhöhe hinunter. »Wir müssen testen, ob das Ding hält!« Die anderen rutschten hinterher. Jasper wankte stark. Als sie auf die Höhe gelangten, an der sich der Zauber befinden musste, verlangsamten sie. Das war auch gut so, denn im nächsten Augenblick prallte Junos Fuß dagegen. Ein Geräusch gab es dabei nicht.

»Das hält wohl ziemlich«, bestätigte Juno und schlug Jasper anerkennend auf die Schulter. »Du hast es so was von drauf, Jas! Du wirst noch der neue Alpha Regius, ich seh's kommen!«

»Ich hab das nicht allein gemacht!«, wehrte Jasper ab. »Gian und du und vor allem Penelop ...«

»Und wie kommen wir jetzt eigentlich da durch?«, unterbrach ihn Penelop.

»Was?«, fragte Gian.

»Wie wir wieder zurückkommen?«, wiederholte Penelop.

Jasper wurde blass. Alle Ruhe und Sanftheit wichen aus ihm und ließen Angst zurück. Und Wut auf sich selbst.

»Ich Idiot.«

## 35
## Rundherum

Über den Bergspitzen zerstäubten die letzten Wolken. Rot flutete die Morgensonne empor und ließ den Mond verblassen.

»Okay, okay, ruhig Blut, Leute!«, übernahm Juno nun das Kommando. »Jasper, Penelop, ihr rennt dort lang. Gian und ich umrunden das Camp in Gegenrichtung. Vielleicht ist ja irgendwo eine Schwachstelle, durch die wir einsteigen können!«

Sie teilten sich also.

Jasper lief voran, Penelop hinterher. Immer dicht an der unsichtbaren Barriere entlang, mit den Fingerspitzen darüberstreifend. Das Camp war groß. Penelop spürte, wie ihre Beine bleiern wurden, und sie hörte Jaspers Atem, der stoßweise ging. Er selbst wurde zunehmend langsamer, plötzlich gaben seine Knie nach, und er fiel ihr direkt vor die Füße. Erschrocken bückte sie sich zu ihm runter. Er versuchte wieder aufzustehen, was ihm aber nicht gelang. Sein dunkles Gesicht war stumpf und grau, doch er gab sich Mühe zu lächeln.

»Such allein weiter«, stieß er hervor. »Sobald du was gefunden hast, kommst du zu mir zurück. Bis dahin stehe ich wieder, okay?«

»Mein Vater kommt bestimmt bald«, redete Penelop ihm Mut zu. Und sich selbst auch. Behutsam drückte sie Jaspers Unterarm. »Mein Vater kann unglaublich viel, und er wird dir helfen.«

Jasper nickte leicht. Am liebsten wäre Penelop bei ihm geblieben. Sie hatten gemeinsam den Schutzmond gewirkt. Sie fühlte sich ihm so nah und verbunden. Doch sie lief los und kämpfte gegen die dummen Beine an. Sie hatte zu wenig geschlafen, und der gestrige Tag war auch kein Spaziergang gewesen. Aber sie war nicht wie Jasper durch das Weben des Zaubers entkräftet.

Ihre Hände glitten über die blattwerkartige Schutzmondhaut. Ob hier wirklich ein Riss drin war?

Während Penelop sich um die eine Hälfte der riesigen Hülle bewegte, stolperten Gian und Juno um die andere. Auch sie hatten bisher keinen Einstieg gefunden. Dafür hörten sie nun etwas. Es kam von weiter vorne und schräg oben. Brechende Zweige und rutschende Stiefel. Zwischen den Büschen tauchten Männer in glänzender, aber eingestaubter gründunkler Kleidung hervor. Sie joggten in die Senke auf das Camp und seinen unsichtbaren Übermond zu.

*Wumm!* Die vorderen zwei wurden aus dem Lauf nach hinten ins goldbraune Gras geschleudert. Schmerzverzerrt hielten sie sich Stirn und Nase. Die anderen bremsten hart ab und standen still wie steinerne Säulen.

»Was zum Teufel war das?«, kam es nach einer Weile aus einer der Säulen.

»Ruhe!«, gebot ein anderer sogleich. Es war ein hochgewachsener Mann, hohlwangig und mit sehr dünnem Haar. Herrisch hob er die Hand.

Gian und Juno duckten sich.

»Hey, du kannst doch Schockzauber, oder?«, hechelte Gian.

»Ich mach doch jetzt keinen Schockzauber«, keuchte Juno. »Das sind doch viel zu viele!«

»Dann müssen wir schnellstens Jasper und Penelop holen«, rief Gian. »Und dann hoch in den Wald! Wir müssen uns verstecken.« Sie warfen sich herum und jagten zurück.

Die Kondormänner hatten Gian und Juno nicht bemerkt. Sie verharrten immer noch in lauernder Starre. Nur die zwei am Boden ächzten sich in den Stand zurück und zogen die Nasen hoch. Ein sehr junger Mann mit Wieselgesicht drückte jetzt seine magere Brust heraus und trat zwei Schritte vor.

»Sigurd«, wandte er sich an den langen Hohlwangigen. »Lass mich prüfen, gegen was die beiden geprallt sind.«

Der Mann namens Sigurd gab ein zustimmendes Knurren von sich, und das Wieselgesicht pirschte auf das Camp zu. Bald stieß die Kappe seines Stiefels gegen den Schutzmond. Er streckte die Hand aus und spürte ein Gespinst an den Fingerkuppen, das laufend seine Zusammensetzung zu ändern schien.

»Und?«, schnaubte der hohlwangige Mann namens Sigurd.

»Ich bin nicht sicher. Da ist ein Abwehrzauber. Aber der ist irgendwie flüchtig und es …«

Der Hohlwangige trat neben den Jüngeren und streckte die Finger aus.

»Ein Änderzauber!«, stieß er hervor »Und er ist frisch!«

»Dann stimmt es also«, knurrte ein kompakter Kerl mit rauer Stimme. »Es muss ein Mädchen im Camp sein. Oder zwei oder drei. Weshalb sonst haben sie hier solch einen Schutzzauber wachsen lassen?«

»Der Flößerjunge hat behauptet, das Camp sei ungeschützt«, überlegte das Wieselgesicht halblaut. »Die alte Winkel sei zu krank, um so hoch oben aufzutauchen. Titus wäre fortgeschafft, Mandras könne nichts, und Mortenius und Aegir würden noch im Tal weilen. Wie also kommt der Schutzbann hierher?«

Die Männer blickten den Hohlwangigen an. Ihnen war es einerlei, wie das Ding hierhergekommen war. Fort musste es. Und zwar augenblicklich.

Der Großteil von ihnen besaß nicht genug Talent, um an einem Änderzauber auch nur kratzen zu können. Aber sie gingen natürlich davon aus, dass ihr Anführer darüber verfügte. Sie erwarteten, dass er hier etwas vollbrachte!

Der Hohlwangige fuhr sich mit der Zunge durch den Mund. Er nickte knapp, wandte sich dem Schutzmond zu und wummerte beide Hände auf die im Moment trocken knisternde Oberfläche. Er wusste, dass er sehr viel Kraft hatte. Aber er wusste auch, dass ein Gegenbann ihn viel davon kosten würde.

»Raul, Arno, Niklas, Lenhard und fünf weitere! Bildet ein Dreieck hinter mir als Verstärkung!«, ordnete er an. »Übertragung mit der rechten Hand!«

Die Angeforderten traten hervor, formierten sich wie ihnen geheißen, hielten dem Vordermann steif die Hand auf den Rücken, als wollten sie ihn oder etwas von sich fernhalten. An ihrer Spitze begann der Hohlwangige leise zu murmeln.

Doch der Schutzmond änderte unter den Händen des Hohlwangigen stetig die Beschaffenheit. Ein Gegenbann war so schwierig, wie ein Bild auf einer Seeoberfläche zu malen.

Um sich anzuspornen, malte der Hohlwangige erst mal Bilder in seinem Kopf: Wie er in diesem Camp demonstrieren würde, dass die Kondororganisation wieder aufstieg. Wie der Altkondor ihm später väterlich gewichtig auf die Schulter schlug, wenn er ihm vielversprechende Jungen mitbrächte. Leidenschaftlichen intelligenten Nachwuchs, ein goldenes Zeichen, dass ihre Sache weiterlebe! Denn dass der Kondor Nachwuchsprobleme hatte, ließ sich nicht leugnen.

»Sigurd?«, wisperte das Wieselgesicht. »Lass mich auch mit verstärken.«

Der Hohlwangige schwieg.

In den letzten Jahren waren dem Kondorzirkel ausnahmslos unfähige Kerle beigetreten. Leute, die eine kleine persönliche Macht über Frauen wollten. Frauen sollten ihnen die Zauber verrichten, die sie selbst nicht verrichten wollten. Und Frauen sollten als Sündenbock herhalten, wenn sie selbst wieder einmal danebengezaubert hatten!

Plötzlich knackte etwas. Ein dumpfes Wummern mit Echo folgte.

Der Hohlwangige arbeitete daran, Kälte in den Schutzmond zu leiten. Wenn man ein Bild auf einen See malen will, lässt man am besten seine Oberfläche zu Eis gefrieren. Dann kann man in das Eis hineinkratzen oder es auch gleich zertrümmern. Macht durch Spaltung.

Die Kälte des Hohlwangigen kam aus der Tiefe seiner selbst.

Er wollte sich an allen weiblichen Geschöpfen rächen. Denn es waren immer Frauen gewesen, die ihm Leid zugefügt hatten. Seine Mutter war gestorben, ehe er hatte laufen können. Seine Stiefmutter hatte die wenige Aufmerksamkeit des steinreichen und immer beschäftigten Vaters weggesaugt. Seine große Jugendliebe hatte einen Alpha-Regius-Schüler vorgezogen.

Aber nachdem der Altkondor damals Alpha Regius ins Jenseits befördert hatte, hatte er ihm versprochen …

»Sie fliehen!!! Sigurd, da fliehen welche!«, brüllte der Kondor mit der rauen Stimme, und der Hohlwangige wurde aus seiner Beschwörung gerissen. Und seine Männer rissen automatisch ihre Hände vom Rücken der Kumpane. »Dort oben! Dort sind vier Jugendliche! Sie laufen zum Wald!«, schrie die raue Stimme weiter.

Der Hohlwangige brauchte einen Augenblick, ehe er zu sich zurückfand. Dann blickte er dorthin, wo der ausgestreckte Arm des Kondors mit der rauen Stimme hinwies.

»Ihnen nach«, herrschte er. Schon trampelten die Kondormänner los, dass der Boden vibrierte. Sogar die knorrigen Wurzeln des alten Baumes wurden davon erfasst.

# 36
# Sanan

Penelop, Jasper, Gian und Juno hatten sich wiedergefunden und flohen hangaufwärts, in Richtung Wald. Gian und Juno hatten Jasper in die Mitte gepackt und schleiften ihn mit sich. Penelop kletterte hinterher. Kurz wandten sie sich um und sahen die gründunklen Männer in einer riesigen Kurve um das Camp rennen.

Die vier konnten nicht erkennen, ob die Kondor sie bereits entdeckt hatten oder ob sie den Schutzmond nach einem Eingang absuchten.

Sie eilten weiter, und Penelops Herz schlug wild.

Wo blieb nur ihr Vater? Warum war er noch nicht hier? Hatte er die Feder etwa nicht gesehen? Bei diesem Gedanken krallte sich ihr Magen zusammen.

Eine raue Stimme, die Penelop schon aus der nächtlichen Flussschlucht kannte, schallte quer durch den Morgen. Was sie rief, war nicht zu verstehen.

Wenige Augenblicke später war da etwas Eisiges an Penelops Nacken. Sie wusste nicht, was das war. Sie merkte nur, dass ihr Wille, den Wald zu erreichen, schwächer wurde. Ringsum in den Büschen erstarb das Pfeifen der Vögel.

»Auf keinen Fall mehr umdrehen!«, keuchte Jasper.

»Los, schneller!«, drängte Juno und zog Penelop am Arm.

Auch Gian schien einen Zauber abbekommen zu haben. Er zog die Nase hoch und nölte: »Können wir jetzt mal wieder zurück? Mir ist das hier echt zu anstrengend. Außerdem hab ich Hunger!«

Juno schlug ihn fest auf den Hinterkopf, um ihn wieder ins Lot zu bringen. Dabei verlor er Jasper aus seinem Stützgriff. Der glitt zu Boden und zog Gian gleich noch mit sich.

»Scheiße! Nehmt euch zusammen!«, brüllte Juno und riss die beiden wieder hoch. »Die haben uns doch sonst gleich!«

Gian war wieder klar. Sie liefen weiter.

*Bam!* Penelop geriet aus der Balance.

»Sorry, normalerweise schlag ich keine Mädchen!«, entschuldigte sich Juno. »Aber bei dir ging's jetzt auch nicht mehr ohne.«

Penelop schluckte. Junos Schlag schmerzte, doch er hatte tatsächlich ihren Willen zurückgebracht. Dort vorne, gar nicht mehr weit, waren schon die ersten Bäume.

Wenige Sekunden später spürte Penelop erneut die Kälte am Hals, schlimmer und schneidender als zuvor, und diesmal konnte sie nicht anders. Sie drehte sich um.

Zwischen den Büschen wetzten die Männer heran, und ein Hagerer mit eingefallenem Gesicht hielt rennend beide Arme hügelaufwärts, und seine Lippen formten rasende Silben.

Ich kann fliegen, dachte Penelop. Ich fliege ihnen einfach entgegen. Plötzlich war Jasper vor ihr. Er hatte wieder etwas Kraft. Er stand zwar wackelig, doch er packte sie an den Schultern und …

Die rennenden Männer gefroren zu einem Standbild. Der Hohlwangige hielt in seiner Lippenbewegung inne, und sein dünnes Haar, das hinter ihm herwehte, fiel nicht auf die Schultern zurück, sondern verblieb in der Luft wie fein gespitzte Metallfäden.

Jasper schüttelte Penelop und rief irgendwas. Und während Penelop so durchgerüttelt wurde, sah sie auf einmal Gina, Mo und Sanan zwischen Büschen weiter unten. Fröhlich singend und Lollis schleckend. Sie führten jedenfalls immer wieder die Hand zum Mund.

Dann verschwand dieses merkwürdige Bild, und das Männerstandbild ruckelte. Mit lauter Wucht knallten die Geräusche zurück. Die Kondor begannen wieder zu rennen, der Hohlwangige schleuderte seine Worte den Hang hinauf. Die gebündelte Energie schoss auf Jaspers Rücken zu …

Wieder hielt die Welt an.

Die Bewegung der Kondor stockte, zerdehnte sich, als hätte jemand die Zeit zugedreht wie einen Wasserhahn.

So etwas brachte nur ein wahrhaft großer Zauberer zustande!

»Papa!«

Suchend irrten Penelops Augen durch den Himmel. »O Papa! Gott sei Dank!«

Doch dort oben war kein Papa. Und jetzt erst merkte Penelop, dass die Kondor sich durchaus noch bewegten. Nur eben sehr, sehr langsam. Wie ein Stein, der auf seinem Flug durch die Luft angesprochen wurde und nur noch gemächlich weitertrudeln konnte.

Gina, Mo und Sanan waren vor einer Weile aufgewacht und hatten den Klomond ohne Besetzung vorgefunden. Sie waren in den anbrechenden Morgen hinausgeschlüpft und hatten nach den anderen gesucht. Zuerst unter dem großen Baum, dann im Charon, dem Schlafmond der Assistenten, und schließlich im Dionenmond.

Im Badezimmerteil hatten sie Penelops Zahnbürste angetroffen, die dort suchend im Kreis herumvibriert war. Und es hatte nach Penelops Pfefferminzzahncreme gerochen. Von Penelop selbst und von den Jungs aber war keine Spur zu finden gewesen.

Also waren Gina, Mo und Sanan wieder hinausgeeilt, um das Camp an seinen Rändern zu durchstreifen.

Plötzlich hatte es gewummert, und gründunkle Männer waren an ihnen vorübergerast. Ganz nah. Ohne sie auch nur im Geringsten bemerkt zu haben. Dass da ein Schutzmond seine Wirkung tat, wussten Gina, Mo und Sanan ja nicht. Deswegen hatten sie auch eine Weile gebraucht, bis sie sich von dem Schreck wieder erholt hatten.

Und dann hatte Mo oben auf dem Hügel Penelop, Gian, Juno und Jasper entdeckt. Wie sie sich zum Camp umdrehten und dann gehetzt zum Wald hinaufflohen.

Wer einen Schutzmond wirkt und sich selbst dabei nicht in die Mitte stellt, kann nicht unter diesen Mond. Umgekehrt gilt dies nicht. Wer unter dem Schutz weilt, kann durchaus darunter hervor. Für Gina, Mo und Sanan gab es die Trennschicht also nicht.

»Wir müssen sofort hinterher! Wir müssen diese Typen irgendwie ablenken«, hatte Gina gekreischt und sofort losspurten wollen. Gerade noch rechtzeitig hatte Mo sie am Jackenärmel erwischt.

»Du kannst doch nicht einfach zu denen hinrennen!«

»Aber mein Bruder ist in Gefahr! Und Penelop!«, hatte Gina sich gewehrt. »Und Juno, und Jasper.«

»Langsam, langsam«, hatte Sanan gemurmelt und ihren Kopf bedächtig zur Seite geneigt.

»Ja, langsam, *das* müssten diese Männer werden«, hatte Mo gewimmert. »Wenn doch Doktor Titus hier wäre, der würde das sofort bewerkstelligen.«

»Wenn ich schneller sprechen könnte«, hatte Sanan vor sich hingeträumt. »Titus' Worte waren nicht kompliziert!«

Plötzlich hatte Gina Sanan mit glasigem Blick angestarrt. Sie erinnerte sich, wie Sanan Mo und Penelop und sie selbst durch die Dunkelheit geführt hatte. *Elefantengedächtnis,* hatte Mo sie da genannt.

Mit einem energischen Ruck hatte Gina sich aus Mos Griff losgerissen und war zurück zum Klomond gerast. Sie hatte die graue Hose vom Rucksackboden gebuddelt und war wieder zu den Freunden zurückgekeucht.

»Leider sind die Dinger nicht allzu gesund!« Hastig hatte sie ein Bonbon aus der Hosentasche gefischt. Und wenig später noch eins und noch eins. Und noch hastiger hatte sie dann Mo und Sanan erklärt, was sie vorhatte. Die grünglasigen Bonbonfolien hatten geknistert, als die drei sie auseinandergezogen hatten.

Und jetzt? Ja, jetzt japsten sie hier hinter dem Busch. Sie waren rot im Gesicht, und ihre Zungen prickelten von den sauren Bonbons.

Zweimal hatten sie die Männer schon lahmgelegt. Sie hatten den langen Fiesen mit dem dünnen Haar gestoppt, seinen Fluch in Jaspers Rücken zu jagen. Jasper war ungeschützt vor Penelop gestanden und hatte an ihr gerüttelt, als wäre sie ein Apfelbäumchen. Da Gina, Mo und Sanan aber zu weit entfernt gestanden hatten, war ihr Verlangsamungszauber rasch verwelkt, und die Kerle waren wieder losgelaufen.

Nun aber hatten sich die drei nahe genug herangeschlichen.

»Bereit?«, rief Gina. »Dann noch mal!«

Sie verwurzelten ihre Füße im goldbraunen Gras und

schoben sich neue Bonbons in den Mund. Sie schmeckten wirklich giftig.

Die Kondor hatten sich mittlerweile verteilt. Sie waren nicht mehr als Gruppe zu erfassen. Dann eben einer nach dem anderen.

Sanan fixierte ihr Ziel, und mit ihrer ruhigen Kraft ließ sie die Worte aus sich sprudeln. Alle Laute, alle Atemzüge und Betonungen, die Doktor Titus in seiner Steinverlangsamungsstunde gebraucht hatte, waren tief in ihr gespeichert und verankert. Gina und Mo sprachen ihr einfach nach.

Und *uwwwwwschhhhh*.

Zwei stämmige Männer und einer mit Narbe am Nacken verloren alle Geschwindigkeit. Sie sahen aus, als ob sie in der Luft stünden. Die Beine zum Sprung geformt. Und so verharrten sie jetzt auch. Der Zauber war festgezurrt. Am liebsten hätten Gina, Mo und Sanan sich abgeklatscht. Aber dafür war keine Zeit.

*Uwwwwwschhhhh,* der Nächste! Und noch einer und noch einer klebten jetzt in der Langsamkeit fest.

Sanan lächelte, denn Gian, Juno, Jasper und Penelop erreichten nun den schützenden Wald. Dort war es für die Kondor schwieriger, ihnen Zauber nachzujagen. Doch plötzlich legte ganz am Rande der Männer ein blonder junger Kondor einen Extremsprint hin. Sanan schoss ihre Worte los, und in diesem Moment war ihr Bonbon alle.

»Nachschub, schnell!«

Gina riss den Blick von ihrem Kondormann, um das neue Bonbon aus der Hose zu pulen. Sanan schnappte es ihr aus der Hand, aß es samt Folie und brachte zu Ende, was sie begonnen hatte. Der junge Blonde kam zwar noch mit enormem Schwung bei Gian an. Aber seine Hand, die jetzt nach Gians Nacken griff, würde wahrscheinlich erst im nächsten Jahrhundert dort auftreffen. Vorausgesetzt, Gian stünde dann noch dort.

Der wieselige Mann aber, von dem Gina abgelassen hatte, um das Nachschubbonbon zu ergreifen, verschwand äußerst schnell im Schutz des Waldes, und weder Mo, Gina noch Sanan vermochten ihn noch zu erwischen. Sie hörten nur, wie Jasper plötzlich angstvoll rief:

»Penelaooop! Neiiiiin!«

## 37
## Zahnhygiene zahlt sich aus

Hinter einem flechtenbemalten Fels hielt der Fremde an. Sein Atem keuchte Penelop ins Ohr. Aber noch schrecklicher war seine Hand, die eisern auf ihrem Mund lag. Da half es auch nichts, dass sie sich wandte und strampelte und nach seinem Schienbein trat. Er war einfach zu stark. Und das war furchtbar. Penelop überlegte, ob sie versuchen sollte zu versickern. Doch der Waldboden schien mit Beton versiegelt zu sein.

»Penelooooop!!!« Gian und Juno riefen ihren Namen. Wieder und wieder. Sie stolperten nahe an ihr vorbei. Auch andere Kondor mussten nun im Wald sein. Das Einander-Spüren vermischte sich, sobald zu viele ihrer Art auf einer Stelle waren, zu Einheitsbrei. Den spürte Penelop.

Und dann hörte sie Juno plötzlich brüllen: »Corro me Cardiok!«, »Corro me Cardiok!«, und ein massiger Körper fiel zu Boden, und eine raue Stimme stöhnte. Gian schrie ebenfalls etwas. Da schien sich der Wald mit Hunden zu bevölkern. Es war kein lustiges Gekläff wie neulich bei ihrer Mitternachtsparty. Es waren wütende Hunde. Blutrünstiges Gebell heulte durch die Bäume. Zweige knackten, als Stiefelfüße darüberflüchteten.

Allmählich aber verklangen die Zaubersprüche der Jungen, und auch ihre suchenden Rufe drangen nun von weit entfernt zu Penelop.

»Jetzt sind alle weg!«, stellte das Wieselgesicht befriedigt fest. Penelop hatte ihn beinahe vergessen, obwohl er sie ja festhielt. »Was glaubst du, wie Sigurd mich endlich anerkennen wird?« Seine Stimme klang jung und ungeduldig. »Nun, da ich derjenige bin, der das Mädchen gefangen hat, das sich verbotenerweise im Camp aufhält.«

Da versuchte Penelop ihn zu beißen, ihre Schneidezähne in seine Handfläche zu senken.

»Du verfluchte kleine Hexe, wirst du wohl stillhalten«, zischte er und drückte härter zu.

Papa, flehte Penelop innerlich. Papa, Hilfe!

Sie war sich sicher, dass er gleich da sein musste. Ob er ihre Feder gesehen hatte oder nicht, er musste doch mitbekommen, in welcher Gefahr sie sich befand. Dann dachte Penelop an Jasper. Wo war der eigentlich? Und dann an Frau Winkel. Wo um alles in der Welt waren denn all die großen Zauberer und Zauberinnen?

Hier, antwortete eine klare leise Stimme in ihr. Du bist hier!

Ich bin nicht groß, wimmerte ein anderer Teil von Penelop. Was kann ich schon?

Das Wieselgesicht zerrte sie weiter. Tiefer in den Wald hinein.

Fliegen!, antwortete die erste Stimme mit Nachdruck. Fliegen wie niemand anderes!

Ja, das war wohl wahr. Fliegen konnte sie.

Nimm nur eine Sekunde deine elende Hand von meinem Mund, dachte Penelop. *Semus triokko,* und ich schwebe dir davon.

Der junge Kondor aber nahm seine Hand nicht weg, er presste sie eher noch fester. Auch sah er plötzlich beunruhigt nach allen Seiten. Da hörte Penelop es ebenfalls. Ein sich näherndes Geräusch. Ein Sirren und Vibrieren. Etwas schlug gegen die Blätter und Zweige im Unterholz.

Das Wieselgesicht wich samt Penelop zurück, einen kleinen Hang hinunter. Dort! Aus dem Strauchwerk kam irgendein Tier auf sie zugezappelt. Im nächsten Augenblick durchbrach etwas Rotes die Blätter, surrte einen Looping und war mit weißer Paste bestrichen.

Eine Zahnbürste!

Genauer gesagt, Penelops Zahnbürste, die Stunden gebraucht hatte, um aus dem Dionenmond herauszugelangen. Penelop hatte sie ja gestern Abend nicht benutzt, und das hilflose Ding hatte überall nach ihr gesucht. Als es schließlich mit Gina, Mo und Sanan aus dem Badmond herausgewitscht war, hatte es allmählich Penelops Spur orten können. Und jetzt hatte die Zahnbürste Penelop gefunden! Jetzt konnte sie endlich rein in den Mund und ran an die Zähne!

Dass da eine Männerhand drauf war, konnte nun wirklich nicht auch noch berücksichtigt werden!

Alle, die schon einmal von einer wild gewordenen Zahnbürste angegriffen worden sind und sie in die Hand gerammt bekommen haben, wissen, dass man nicht nur ziemlich vor Schmerz brüllen muss, sondern auch dass es einem völlig egal ist, dass das Mädchen, das man soeben noch gut im Griff hatte, zwei Abschiedsworte ruft und sich in die Luft davonmacht.

Das Wieselgesicht krümmte sich. Mit der einen Hand die andere am Gelenk haltend, starrte er auf das vibrierende Ding in seinem Handrücken. Er jaulte.

Penelop aber flog empor. O Papa, was hast du für praktische Zauber fabriziert! Sie tauchte eine Weile durch die Zweige. Eine Elster flatterte klackernd zwei Äste weiter, und ein Eichhörnchen plumpste vor Schreck eine Etage tiefer.

Dann stieg Penelop höher. Sie musste ja eiligst zurück zum Camp. Sie musste sich Überblick verschaffen, was da los war, ob Sanan, Gina und Mo mittlerweile alle Kondor lahmgelegt hatten. Und dann musste sie Jasper, Juno und Gian suchen und ihnen zu Hilfe kommen.

Sie flog also über den Baumwipfeln, und plötzlich sah sie, weit in der Ferne, ein rotes Leuchten in der Morgensonne, schöner als das röteste Gold. Papa!

Alle Anspannung wehte aus Penelop hinaus. Oh, endlich. Du bist da.

Leopold Gowinder war die ganze Nacht geflogen. Mit Flugrucksack, in dem eine eingekringelte Cucuu im Schlaf maunzte. Er hatte sich zwischen den Bergen verirrt, und die Angst in seiner Brust war gewachsen und gewachsen. Beinahe so sehr, dass sie ihn zurück auf die Erde gezogen hätte.

Aber jetzt war es hell. Und endlich flimmerte das Halbmondcamp in der Landschaft auf.

Auf einem Hang voller goldbrauner Gewächse erblickte Leopold Männer in dunklen Jacken, auf deren Rücken ein goldener Kondor prangte. Für einen Moment setzte sein Herzschlag aus.

Einige Kondor schienen in ihrer Bewegung erstarrt, sie standen wie abgebrannte Bäume in der Gegend herum. Andere aber, weiter oben am Wald, stießen gerade drei Jungen daraus hervor. Waren das nicht Gian und Juno? Den dritten kannte Herr Gowinder nicht. Und dort, weiter seitlich, hinter dem großen rötlichen Strauch, wurden drei Kinder umzingelt. Gina! Gina war eine von ihnen! Und wo war Penelop?

Leopolds Hals schnürte sich zu. Falkengleich schoss er hinab. Als er den Kondormännern das letzte Mal begegnet war, damals vor vielen Jahren, war er zu langsam gewesen. Zu langsam, um Alpha Regius' Leben zu bewahren. Nun aber wurde er der Wind selbst.

Er webte einen Tarnzauber um die Jungen am Waldrand. Eine Luftspirale, die sie unsichtbar werden ließ. Die Kondormänner blickten verwirrt ins plötzlich leere Gras. Kurz darauf verschwanden Gina und die beiden anderen Kinder aus der Sicht ihrer Umzingler. Und gleichzeitig rieselte eine Stille in die Männer hinein. Sie wurden luftleicht und trieben bald eine Handbreit über dem Erdboden, wo sie mit den Armen ruderten, als könnten sie in der Luft Halt finden.

Das alles war so schnell geschehen, dass Leopold nur ein paarmal flach geatmet hatte. Nun aber schöpfte er tief Luft, denn er musste …

»Papaaaaaa!!!!«, schallte es da durch den Morgenhimmel. »Papaaaa!!!!«

Leopold ließ den Bann, der ihm auf den Lippen hing, fortfliegen und warf sich in die Kurve.

Da! Da vorne oben kam Penelop durch die Luft. Kalkweiß im Gesicht. Aber heil und ganz und lebendig! Sein Herz wurde weit vor Erleichterung und Sehnsucht. Er pflügte zu ihr.

Unten aber trat der Hohlwangige hinter einem Baum hervor. Kaum merklich krümmte er die Hand. Ein giftiger Silberstrahl verdichtete sich zum Himmel und jagte dorthin, wo Penelop geflogen kam.

In Leopold Gowinder aber explodierte ein ihm bisher unbekannter Zorn, der zu groß war für ihn. Er konnte ihn nicht halten und setzte ihn frei. Niemand durfte sein Kind beschießen! Mit was für einem Zauber auch immer. Eine

Druckluftwolke sprang vor den Silberstrahl und schoss ihn zurück zur Erde, dem Hohlwangigen vor die Brust. Der große, hagere Mann wurde in die Höhe gerissen. Seine Kleider ratterten, als er um sich selbst geschleudert wurde. Bewusstlos fiel er in einen Strauch, dem die Zweige brachen.

Unweit davon aber wuchs jemand anderes aus der Erde.

Penelop bemühte sich, nochmals zu beschleunigen. Sie wollte jetzt nur noch zu ihrem Vater und ihm hier mitten in der Luft in die Arme fliegen. Da wurde ihr mit einem Mal bewusst, auf was sie da soeben zuraste. Und nicht nur sie. Auch ihr Vater, der noch immer zu dem bewusstlosen Mann nach unten blickte.

»Stoooopppppp!«, brüllte Penelop und zog steil nach oben. »Dreh ab, da ist ein Schutzmond!«

Sie sah, dass ihr Vater noch bremste. Sie sah, dass er sich zur Seite warf. Und dennoch. Es war zu spät.

*Wwwummmm!*, knallte es dumpf, als Leopold Gowinder gegen den Änderzauber flog. Ein Ausdruck von Unverständnis trat in seine warmen Augen, die jetzt weit aufgerissen waren. Es gab kein Geräusch, als sein Körper erschlaffte und wie auf einer gläsernen Rutsche hinabglitt.

Penelops Herz riss. Alles Unglück der Welt brach in ihr los. Es war, als fiele sie in einen tiefen grauen Tunnel, als fiele sie und würde für immer fallen. Sie sank hinab. Dorthin, wo ihr Vater zwischen den goldbraunen Halmen lag und sich nicht mehr rührte.

## 38
## Alpha Regius, steh uns bei!

Penelop bekam nicht mit, was um sie herum geschah. Sie kniete betäubt im Gras und zitterte und umklammerte die schlaffe Hand ihres Vaters. Eine qualvolle Weile lauschte sie nach seinem Atem. Doch sie hörte nichts. Nur ein leises Rauschen und Säuseln in den Zweigen der Sträucher.

Die kurze Zeit, die sie mit ihrer Mutter und mit ihrem Vater zusammen erleben durfte, raste vor ihrem inneren Auge vorbei.

Wie sie abends zu dritt zusammen in der Küche sitzen und sich vom Tag erzählen. Oder wie Mama Lieder auf der Klarinette spielt und sie selbst Hausaufgaben macht, und Papa Spaghetti kocht, und die kleinen blauen Schmetterlinge, die er zaubert, tanzen um sie herum. Penelop hört sich leise lachen. Sie sind endlich eine ganze Familie. So, wie sie es sich immer ersehnt hat.

Aber an jenem nebeligen Abend, als sie auf Papa warteten, hatte die Mutter am Küchentisch gesagt: »Ich habe immer Angst, dass Leopold etwas zustößt.« O Mama. O Mama, nein.

Etwas Nasses erschreckt Penelop.

Cucuu ist aus dem Flugrucksack geklettert, ist zu ihr gehumpelt und stupst ihr die feuchte Katzennase an die Hand. Wieder und wieder.

Plötzlich merkt Penelop, dass da auch Gina ist, die ihren Arm drückt. Und Jasper, der leise und sanft zu ihr spricht. Doch in Penelop fügen sich seine Worte zu keinem Sinn zusammen.

Sie sieht auf. Die Mittagssonne brennt. Alle stehen um sie herum. Mo und Sanan, tränennass. Juno und Gian, voller Angst, und auch alle Jungen und Mädchen aus dem Camp und Frau Mandras. In Frau Mandras' grauen Augen steht Schock. »Alpha Regius, steh uns bei!«, murmelt sie immer wieder.

Und noch jemand steht hier, ein wenig abseits, und murmelt ebenfalls. Ruhige, rufende Laute.

Penelops Zunge liegt heiß in ihrem Mund. Sie schluckt. Auch ihre Hand ist heiß. Die ihres Vaters kalt. Eiskalt, starr, fremd.

Eine andere Zeit rast an Penelops innerem Augen vorüber. Eine Zeit, in der es sie selbst noch gar nicht gab. Gefrorene Erinnerungssplitter.

In einem mit dunklem Holz getäfelten Raum schiebt ein schwergewichtiger Weißhaariger seine Hemdsärmel nach oben. »Macht durch Spaltung«, knurrt er eine Gruppe Männer an, und seine gelben Zähne funkeln. »Alpha Regius wird diese Macht gänzlich untergraben, wenn wir nicht handeln! Sigurd, das letzte Mal hast du versagt. Ich gebe dir eine zweite Chance. Finde heraus, wer ihm zuarbeitet.«

Das Bild verweht. In Penelops Ohren rauscht es. Jaspers sanfte Stimme hat den Splitter weggepustet.

Und eine andere sanfte Stimme spricht unaufhörlich vor sich hin. Leise Lockrufe. »Komm, Falke, komm.«

Ein Schweißtropfen perlt dem Vater von der Stirn.

Aber Penelop sieht das nicht. Sie sieht einen blutjungen Leopold mit leuchtendem Haar und leidenschaftlichem Blick vor einem Apfelbaum kauern. Ein zierlicher Mann mit dunklen Augen und in einen Gehrock gekleidet kauert dort mit ihm. Er lächelt Leopold zu. Mit schmalen Händen gräbt dieser Mann ein Loch in die Erde. »Es ist ein einfacher Erdzauber«, sagt er. »Auch du wirst ihn hinbekommen. Siehst du, Falke? So musst du klopfen. Der Zauber nennt sich *Die Dritte Hand*.«

Das Bild verkräuselt sich, verschwindet.

Penelops entzweigerissenes Herz stolpert. Sie spürt eine Kraft. Unter sich, um sich, in sich, ist Teil davon. Cucuu leckt ihre Hand, und Penelop lässt die Kraft los.

Die große Vaterhand zwischen ihren Händen wird plötzlich wärmer! Die Augenlider des Vaters zucken.

»Ich bin zu spät gekommen!«, stöhnt er leise.

»Was?« Ihr rinnen Tränen in den Mund. Aber sie spürt, dass ihr Herz wieder beginnt, ein ganzes zu werden. »Du lebst«, flüstert sie. »Oh, du lebst.«

»Warum nur hast du mir zugerufen, ich solle verschwinden? Ich hätte dich gerettet«, flüstert der Vater mit zusammengepressten Augen. Penelop ist unsicher, wen er damit meint. Es ist, als versuche er jemanden in traumweiter Ferne zu erreichen.

»Das hast du doch, Papa!« Sie streicht ihm über die schweißnasse Stirn. »Papa, du hast uns doch alle gerettet!« Da wird der Vater still. So still, dass in Penelops Herz die Angst zurückjagt.

Doch plötzlich ist da ein Streichen an ihrem Daumen. Zart, aber dennoch.

»Penelop?«, flüsterte der Vater. »O Penelop!« Ein Lächeln glitt über sein Gesicht. Er schlug die Augen auf.

»Da fliegt man seinem Kind entgegen, sieht plötzlich Geister und wird auch schon von einem Schutzmond aus der Bahn geworfen«, brummelte er und sah schon wieder einigermaßen fidel aus.

Eben noch war die Welt ein düsterer Ort gewesen. Und jetzt war sie farbig erleuchtet.

Herr Gowinder stützte sich ins Sitzen und spuckte ins Gras. Es waren dicke Spucketeiche, als müsste er Giftklümpchen ausspeien. Ein paar gedehnte Augenblicke blieb er so, sortierte sich, dann versuchte er bereits aufzustehen.

»Moment, wir helfen!« Gian und Juno stürzten zu ihm, um ihn hochzustützen.

»Möchten Sie nicht lieber noch ein wenig ausruhen?«, fragte Jasper vorsichtig. »Sie sind schließlich …«

Doch Leopold Gowinder wollte nicht, konnte nicht. Er hatte anderes zu tun. Jasper brach seine Rede also ab, reichte Penelop flugs seine Hände und zog sie hoch. Mo sprang hinzu, um die vom Schoß gerutschte Cucuu auf den Arm zu nehmen. Er fand, dass man ihr auch irgendwie hochhelfen sollte. Sie aber entwand sich ihm und trollte sich in die Büsche.

Penelop schlang die Arme um ihren Vater. Er hielt sie fest. Ganz fest, und sie spürte, wie lebendig sie beide waren.

»Was bin ich froh, Penni, so froh«, sagte er nach einer ganzen langen Weile. »Dir ist nichts passiert. Und du hast alles wunderbar gemacht. Und alle anderen auch.«

Er zauste ihr das kurze Haar.

»Cucuu hat mir gestern am späten Abend deine Feder ins Wohnzimmer gebracht. Ich bin sofort losgeflogen! Aber in den Bergen habe ich mich verirrt. Deswegen habe ich so lange gebraucht.«

»Jetzt bist du hier«, seufzte Penelop und drückte sich noch fester an ihn. Er roch nach Kaffee und Schweiß und Erde. Er roch nach Papa.

»Leopold!«, rief da jemand leise ein wenig abseits hinter ihnen. Der Vater zuckte zusammen bei dem Klang der trockenen Stimme. Er ließ Penelop los und wandte sich um. Penelop und alle anderen ebenfalls.

Zwischen den Sträuchern stand Meera Winkel. Cucuu kletterte mit den Vorderbeinen an ihrem Kleid empor. Aus den Stofffalten rieselte Erde.

»Da beschließe ich, ein letztes Mal in meinem Leben den anstrengenden Weg hierher auf mich zu nehmen, da du endlich gekommen bist. Und dann? Hast du mir gleich einen Unfall.«

Sie schüttelte ein bisschen den Kopf und kam langsam auf Penelop und Leopold zu. Die Bewegung schien ihr Mühe zu bereiten. Penelop spürte, wie der Vater sich neben ihr verspannte. Er starrte die alte Dame an, als suche er etwas, als müsse er ein Puzzle zusammenfügen, mit Teilen aus einem ganz anderen Spiel.

»Frau Winkel?!«, brachte er hervor. »Ich, also, ich dachte, ich hätte, Sie wären … Wir haben uns sehr lange nicht gesehen.«

»O ja«, nickte sie und blickte ihm warm in die Augen. »Aber ein Maulwurf sieht ja eigentlich sowieso nichts.«

»Wer ist denn das?«, fragte Mo an Sanan gewandt. Sanan hob ihre schweren Schultern, und da gab Frau Winkel selbst Mo die Antwort.

»Ich bin diejenige, die sich auch auf den Weg gemacht hat, um hier oben den Kondor zu vertreiben. Aber ich habe meine Wichtigkeit in dieser Angelegenheit überschätzt.« Sie wies mit dem Kopf zum Hang hinauf. »Denn wie ich sehe, hat jemand in Doktor Titus' Unterricht hervorragend aufgepasst. Diese Herren dort sehen mir jedenfalls nicht so aus, als kämen sie noch vor Weihnachten bis zum Wald.«

Über Sanans rundes Gesicht lief ein kleines Leuchten, und ihre weißen Zähne blitzten. Gina zupfte Mo am Jackenärmel, und sie zwinkerten sich zu. Meera Winkel war noch nicht fertig.

»Und ein starr geschockter Mann lag im Unterholz, und ein anderer hatte sich vor eingebildeten Hunden in den Bach gerettet. Und ein Schutzmond, so gekonnt und stabil, wie ich noch keinen erlebt habe, ist ebenfalls um das Camp geflochten. Ich hätte mich also ausschlafen können.« Kurz sah sie zum lichtblauen Himmel empor.

»Aber ich konnte nicht mehr schlafen. Denn ein Falke fliegt hier oben nicht oft herum. Und ich musste ihm doch endlich sagen, dass Alpha Regius noch am Leben ist.«

Frau Mandras sog hörbar die Luft ein, und einige Mädchen und Jungen flüsterten sich staunend etwas zu. Penelop hörte, wie auch ihr Vater deutlich Luft holte. Er schien noch immer nicht fertig mit seinem Puzzle zu sein.

»Ich weiß nicht, was ich sagen soll, Frau Winkel.«

»Sag auf jeden Fall wieder du zu mir«, kicherte Frau Winkel. »So, wie du es früher auch getan hast, Leopold. Und jetzt komm endlich her.« Ein wenig ungeduldig hielt sie ihm beide Hände hin. Zögerlich nahm der Vater sie, doch Frau Mandras rief schrill:

»Wie bitte?! Alpha Regius ist noch am Leben? Meera, was erlaubst du dir?! Ich war selbst bei seiner Beerdigung dabei!«

»Und ich selbst wollte nicht länger als Mann durch mein Leben schreiten«, antwortete Frau Winkel ein wenig müde. »Ich habe es ausgenutzt, dass alle glaubten, der Meister sei gestorben. Ich war froh, von meinem Alphasockel heruntersteigen zu können.«

»Was?!«

Den meisten Kindern blieb der Mund offen stehen. Diese ältliche Frau dort in dem abgetragenen Kleid, die sollte der berühmte Großmeister sein? Der strahlende Zauberer und Erforscher neuer Wege, von dem ihnen ihre Eltern immer erzählt hatten?

Leopold starrte auf die feingliedrigen Hände in seinen und dann in Frau Winkels Augen. Augen, die wie tiefe dunkle Seen schimmerten und in die er in seinem Leben schon viele Male geblickt hatte. Er schluckte, sprechen konnte er nicht.

»Vielleicht sollten wir alle erst mal unter den Baum gehen!« Frau Mandras behielt großartig den Überblick. Ohne Frühstück war das hier nichts.

»Jasper, geht euer Schutzmond eigentlich auch in die Erde? Geht er rundrum?«, erkundigte sie sich.

Jasper schüttelte den Kopf. »Ich habe nur einen Halbmond geschafft.«

»Einen Halbmond gibt es nicht«, murmelte Meera Winkel vor sich hin. »Es gibt immer nur den ganzen Mond. Immer nur das Ganze.«

# 39
# Winkelalpha

Wenig später marschierten Frau Mandras und fast alle Jungen und Mädchen durch den Schutzmond hindurch zum Baum. Das konnten sie einfach. Sie waren ja, als der Zauber entstand, darunter gewesen, und er stellte keine Barriere für sie dar.

Schade, dass man so gar nix davon spüren kann, dachten manche. Das wäre doch spannend. Wo hier doch alles gerade so spannend war.

Frau Winkel ließ Leopold Gowinder los und warf einen Blick zu dem Strauch, in dem der Hohlwangige hing. Rütteln erfasste das Geäst, und der Kondormann fiel zu Boden. Und versank darin. Nur noch sein Gesicht, etwas Brustkorb und seine Stiefelkappen blieben überirdisch.

»Für den Fall, dass dieser Herr während unseres Frühstücks wieder aufwacht«, erklärte Frau Winkel trocken. »Später werde ich mich um ihn kümmern. Und um die anderen ebenfalls. Wirst du mir dabei helfen, Falke?«

Penelops Vater war immer noch ziemlich durcheinander. Ein Nicken brachte er aber zustande.

Penelop war froh, *diesen Herrn* gleich nicht mehr sehen zu müssen. Sie nahm ihren Vater und Jasper am Arm:

»Jetzt ist es doch gut, dass unser Schutzmond nur oberirdisch ist. Sonst müssten wir sechs wohl hier draußen frühstücken.«

Frau Winkel lächelte ihr zu. »Bleib ja dicht hinter mir«, mahnte sie jedoch gleich. »Und beizeiten werden wir beide das mit der Orientierung üben. Gian und Juno, darf ich bitten?« Sie reichte den etwas verdutzten Jungs ihren Arm.

Cucuu schlängelte schon los, ins Camp hinein. Für sie galten andere Gesetze. Penelop sah auf Frau Winkels schmalen Rücken vor ihr. Sie hörte die Bussarde hoch oben sich Vogelnachrichten zurufen, und sie spürte die Kraft des Bodens unter sich. Der Boden, der sie alle trug. Sie sickerte Frau Winkel hinterher.

Fest hielt sie den Arm ihres Vaters und ebenso Jaspers Arm. Sie nahm die beiden einfach mit, und es war ein gutes Gefühl.

Und *wupp* waren sie schon wieder draußen. Penelop hörte Jasper und ihren Vater verblüfft nach Luft schnappen. Dass ihr beide auch noch einen bewundernden Blick zuwarfen, bekam sie allerdings nicht mehr mit. Sie hatte nur noch Augen für das ganze Essen hier.

Unter dem majestätischen Baum herrschte Gedränge. Gina zwitscherte zwischen zwei Moosbärten hervor, die von manchen Ästen herunterbaumelten. In der Hand eine Platte mit einem Turm Waffelherzen und Zimtbrötchen. Sie bot Penelop und den anderen Erdwanderern, vor allem Juno, davon an und zog sie mit sich in Richtung Stamm. Dort saßen bereits Mo, Sanan, Yella, das Henry- und das Franzmädchen und redeten aufgeregt durcheinander.

Leopold und Meera setzten sich auf die weißen Steine in die Nähe der Kinder.

Plötzlich vermisste Penelop ihre Mutter und hätte sie gerne bei sich gehabt. Sie fand es so schön, zusammen mit den Freudinnen und Freunden zu sitzen und gleichzeitig den Vater ganz nah zu haben.

Sie wusste, dass ihr Vater jetzt erst mal Zeit mit Frau Winkel brauchte. Sie hatten schließlich eine Geschichte miteinander. Und diese Geschichte war nicht ihre.

Aber Ohren kann man nicht so gut zuklappen wie Augen. Was konnte Penelop dafür, dass sie den einen oder anderen Gesprächsfetzen mitbekam. Wobei Fetzen nicht ganz stimmte. Gesprächszelte wäre der passendere Begriff.

»Es ist, nun ja, wie soll ich sagen, es ist wie, wie dich noch einmal kennenlernen«, brummte der Vater soeben.

Die Antwort war nicht zu verstehen, denn Frau Winkel sprach mit Brötchen in den Backen.

»Warum hast du mir damals nichts davon gesagt?«, wollte der Vater jetzt wissen. »Ich hätte dich nicht minder bewundert und geschätzt. Das wusstest du auch.«

»Weil ich dumm war. Oder einfach zu verängstigt«, gab Frau Winkel zu und schlürfte laut an ihrem Tee. Cucuu strich ihr um die Beine.

»Es ist ein anstrengender und mitunter schmerzhafter Zauber, sich in einen Mann zu verwandeln. Aber ich sah keine andere Möglichkeit, um in den verkrusteten Männerstrukturen etwas zu ändern. Der Zauber kann einem immer wieder zusammenbrechen. Das kündigt sich durch eine große Schwäche an, und manchmal verläuft diese Ankündigung beängstigend kurz.«

Penelop war einen Moment abgelenkt, denn Mo fragte in die Runde, wo Frau Mandras denn eigentlich sei? Keiner wusste es, und gerade hatten sowieso fast alle nur Essen im Kopf.

»An dem Tag, Leopold, an dem du deine Arbeit über Gegenkräfte abholen wolltest, wollte ich dir die Wahrheit sagen«, fuhr Frau Winkel fort. »Aber die Verwandlungsschwäche kroch mir schon durch jede Zelle, als ich zu meinen Räumlichkeiten eilte.

Plötzlich waren sie da. Fünf Kondormänner. Weil ich so geschwächt war, hatten sie mich im Nu umstellt. Ich musste verhindern, dass sie meine Verwandlung mitbekamen. Denn wenn herausgekommen wäre, dass der Großzauberer Alpha Regius in Wirklichkeit eine Frau war, hätte sich wohl alles, was ich für uns Frauen und Mädchen erwirkt hatte, mit einem Wimpernschlag wieder in nichts aufgelöst.«

Penelops Vater hörte sehr still zu, nahm nur hin und wieder einen winzigen Schluck Tee.

Gina war nicht so still. Sie berichtete den anderen anschaulich und schillernd, wie Sanan, Mo und sie die Kondormänner lahmgelegt hatten.

»Hey, wollen wir tauschen?«, schlug Yella vor. »Mein Anti-Eye gegen deine Bonbonhose?«

»Eigentlich ist es meine Hose«, merkte Gian an und putzte sich die Nase. »Wäh! Da sind lauter Erdkrümel mit drin.«

»Iiiiihhh«, zeterte Gina.

Juno rief: »Krass, zeig mal her, Mann!«, und Penelop kicherte:

»Du musst wissen, Yella, dass diese Hose keine reine Bonbonhose ist. Sie hat mehrere Hosentaschen. Und eine davon ist meistens ziemlich nass.«

Das nächste Wort, das Penelop dann wieder von Frau Winkel aufschnappte, war »Totenschlaf«. Die Versetzung in einen Totenschlaf war anscheinend Alpha Regius' einzige Chance gewesen, die Rückverwandlung in den Frauenkörper noch rechtzeitig zu verhindern. Bei diesem Drei-Tage-Schlaf zeigte man keine Lebenszeichen.

»Also«, blitzte es aus Frau Winkel hervor, »habe ich die Kondormänner bedroht, und als sie sich wehrten, riss ich mich in diesen Schlaf. Ich hoffte, dass jeder von ihnen glauben würde, der jeweils andere hätte mich umgebracht.

Und das hat funktioniert. Danach musste ich nur noch warten, dass ich beerdigt wurde, und dann konnte ich nach Hause sickern.« Sie sah auf, sah Leopold an.

»Nur dass du dazwischengekommen bist, Falke, das war schlimm. Sobald ich wieder mich und meine Kraft beisammenhatte, habe ich mich sofort auf die Suche nach dir gemacht. Ich wollte dir sagen, dass alles in Ordnung ist. Dass du dich nicht grämen musst. Doch du warst unauffindbar. Und irgendwann nach langer Zeit glaubte ich, dass du nicht mehr am Leben seist. Und das war sehr schmerzhaft. Ich habe es kaum ausgehalten.«

Meera Winkel atmete aus. Der Vater atmete auch aus.

Und Penelop konnte in seinen Augen sehen, dass etwas in ihm zur Ruhe kam.

»Aber Penelop hat mir gestern von deiner Aschenpaste erzählt und von deiner Gefangenschaft bei Fellseifer und Platell«, nahm Frau Winkel den Faden wieder auf.

»Ja«, nickte der Vater nachdenklich. »Ja, wir haben uns noch viel zu erzählen, Alpha-Meera-Regius.« Er stand auf. »Komm, lass uns ein bisschen durchs Camp streifen und an früher denken. Und vielleicht auch mal nach Albruna sehen.«

Er half Frau Winkel hoch, lächelte Penelop zu, und sie schlenderten los.

Penelop sah ihnen hinterher. Und alle anderen auch. Dort schritten Leopold Gowinder und Alpha Regius. So viele Geschichten rankten sich um sie. Und hier gingen die beiden nun und waren lebendig und wunderbar normal.

# 40
# Und?

Nach einer kleinen Weile kam Jasper und ging vor Penelop in die Hocke.

»Und?«, fragte er.

»Was und?«

»Wie's dir geht?«

Penelop plusterte ihre Backen auf und ließ die Luft wieder raus.

»Ja, gut, glaube ich.«

Jasper kaute auf seiner Unterlippe herum und verzog sie dann zu einem verschmitzten Lächeln.

»Hilfst du mir, wenn wir später den Schutzbann wieder abbauen? Ist ein elender Knochenjob, um ehrlich zu sein.«

»Natürlich.« Allzugern wollte Penelop wieder mit Jasper einen Zauber wirken. Oder einen abbauen. Ganz egal. »Aber vorher muss ich noch ein paar Brötchen essen.«

Sie sah in seine braunen Augen mit goldenen Pünktchen drin. Ein leichter Wind strich ihnen durchs Haar. Er brachte die Flechtenbärte des Baums in Bewegung, und weiter hinten spiegelten sich die Schlafmonde im wogenden Gras.

»Ich habe schon viele Camps erlebt«, sagte Jasper ernst und blickte auf das Gras hinaus. »Aber in keinem habe ich so viel rausgefunden und erfahren wie in diesem.«

Penelop folgte seinem Blick. Sie hatte noch nicht viele Camps erlebt, sie …

»Und in keinem Camp haben die Jungs so komisch gekreischt!«, krakeelte Gian absolut unernst dazwischen. »In keinem gab es diesen nervigen Gino!«

Gina schlug ihrem Bruder mit der flachen Hand auf den Oberschenkel, so dass es knallte und er jaulte. Mo lehnte sich zu Penelop hinüber.

»Können wir dich mal besuchen kommen, Perry?«

»Wir brauchen ja nicht immer auf ein Camp zu warten«, fügte Sanan hinzu und sah verträumt in die Baumkrone hinauf. »Jetzt, da wir uns kennen. Meine Eltern wollen bestimmt sowieso deinen Vater wiedersehen.«

»Und meine Schwester Mia will dich sicherlich auch kennenlernen«, bekräftigte Mo.

Ja, besuchen! Das waren wunderbare Aussichten.

»Unser Haus heißt Drachenhaus«, erzählte Penelop eifrig. »Es ist ganz klein. Aber ihr passt alle hinein.«

»Besonders wenn deine Mutter für uns Klarinette spielen wird. Da schmelze ich nämlich jedes Mal dahin«, schwärmte Gina, die gerade hinter Junos Rücken Schutz vor ihrem Bruder suchte.

»Ja, meine Mama lernt ihr dann auch kennen«, fiel es Penelop jetzt erst richtig ein. »Sie hat ein ganz helles Lachen. Sie ist nicht so wie wir. Aber zauberhaft ist sie über alle Maßen.«

»Woah, was ist das denn jetzt? Gian, hast du etwa einen Pisse-Stink-Bann um uns geworfen?« Juno sprang auf. Er hielt sich die Nase zu. Aber der beißende Geruch kam nicht von Gian. Cucuu hatte beschlossen, den Besuchsplan ordentlich zu besiegeln, in dem sie eine knorrige Wurzel des Baums anpinkelte.

Penelop nahm ihre Katze auf den Schoß. Sie kraulte sie unterm Kinn, bis sie Wohlgeräusche von sich gab, die wie die alte Kaffeemaschine ihres Vaters tuckerten. Sanan musste lachen. Penelop lachte auch. Die anderen fielen bald mit ein, und Cucuu schnurrte weiter und ringelte sich zu einem Fellkreis zusammen.

Der Wind nahm zu, und das Rauschen des Grases mischte sich in die Stimmen der Kinder. Und Penelops Herz wurde ganz weit, damit alles Leben in sie hineinpasste.

# Kaffee, Chaos, Karamell-Milchshake

Als Delilahs Vater auf Weltreise geht, muss die Siebzehnjährige plötzlich alleine sein Café in Sydney leiten, das ›Flywheel‹. In die Schule will sie sowieso nicht mehr. Außerdem hat sie vom Café aus den perfekten Blick auf Rosa, die tanzende Kellnerin im Restaurant gegenüber. Für Delilah und ihren besten Freund Charlie wird das Café zu ihrer eigenen kleinen Welt. Doch dann scheint sich alles und jeder gegen Delilah zu verschwören, und sie müssen sich der entscheidenden Frage stellen: Wie viel Spezial-Karamell-Milchshake braucht man wirklich, um ein ruiniertes Leben zu retten?

Von der Gewinnerin des australischen Nachwuchspreises »The Ampersand Prize«

Erin Gough
**Herzflattern mit Karamell oder Wie ich in zwei Wochen mein Leben ruinierte**
Aus dem australischen Englisch von Yvonne Hergane
368 Seiten, gebunden

Das gesamte Programm gibt es unter
www.fischerverlage.de

fi 7-4028 / 1

## »Der Drache entkommt uns nicht. Wir können ihn orten. Überall auf der Welt!«

Die Geschwister Janka und Johann haben bei ihrer Nachbarin Frau Tossilo einen echten Drachen entdeckt. Mitten in der Großstadt! Es ist der Beginn einer Freundschaft und eines unglaublichen Abenteuers. Denn bald kommt ihnen der Konzern Black West auf die Spur, der seinen Drachen um jeden Preis zurückhaben will. Auch mit Gewalt. Johann gelingt es in allerletzter Sekunde, Janka, Frau Tossilo, den Drachen und sich selbst in ein harmloses Computerspiel zu beamen. Doch die phantastische Welt des Spiels ist viel gefährlicher, als es scheint …

Valija Zinck
**Drachenleuchten**
Mit Vignetten von
Annabelle von Sperber
304 Seiten, gebunden

Weitere Informationen zum Kinder- und Jugendbuchprogramm der S. Fischer Verlage finden sich auf *www.fischerverlage.de*

AZ 7373-4155/1